悲体

Hitai

連城三紀彦
Mikihiko Renjo

幻戯書房

目次

悲体　3
解説　本多正一　259

＊本書は、「すばる」二〇〇三年八月号〜二〇〇四年七月号連載（全十二回）の長篇小説「悲体」をまとめたものです。
＊表記は原則として掲載時のものに従いました。ただし、あきらかな誤記や脱字を訂正したり、ルビを整理したりするなどの処理を施した箇所があります。

悲体

1

高校時代の一時期、私はよく地図帳を開いて、視線がしびれ、麻痺し、空白しか見えなくなるまで、日本地図を見続けた。

「何をさがしてるんだ」

教師や友人が、そう訊いてくると、私は「別に……」と答え……するとみんなは、それ以上の興味を示さずに「相変わらず人付き合いが悪いな」という面倒そうな目になって背をむけた。「別に」というのは、私自身に向けた答えでもあった。

私は自分が日本地図の中に、何をさがしているかは知っていたが、自分でもただ何となく地図が好きで開いて眺めているだけだというふりをしていたのだ。

私が「別に」という以上のことを答えた相手は一人だけである。水野一美という、その時期、私と机を並べていた女子生徒だが、それはつまり、彼女だけがその答えでは満足せず、背をむけなかったからだ。

ある放課後、夕暮れもせまった灰色の教室で、私が一人地図帳を見ているところへ、彼女が入ってきた。私が教室に残っていたのは、その時刻にはまだ正門近くのバス停にたくさんの生徒が群がっているからで、彼女もバス停まで行って、眼鏡を忘れたことに気づき戻ってきたのだ。彼女は眼鏡を見つけると、すぐに教室から駆け出そうとして……ふっと立ち止まり、私の方に歩いてきた。

「前から訊きたかったんだけど、何をさがしてるの。授業中にもいつもこっそり見てるでしょ、机の下でそれ開いて」

「別に」

無表情で武装した私の顔を、彼女は驚くほどあっさりと無視し、

「どこかの町？」

と訊いてきたのだ。だが、それ以上に驚いたのは、初めて私の中に一歩踏みこんできたその他人を、この私が笑って受け入れたことだった。いや、顔まで笑ったかどうかはわからない。誕生日におもちゃを買ってもらっても無表情なままの子供は、よく父親に「嬉しいなら嬉しい顔をしろ」と怒鳴られていたのだから。その実、公務員の父はもっと無表情で、私を叱りつける時にも腹立ちが顔まで届かず、「母親がいなくても子供はちゃんと育つものだな。ほら、哲郎はこんなにちゃんと育った」人前でそんな風に私を褒める際と同じ顔で怒っていたのだ……。

「どうして何かさがしてると思うの？　どんな町だろう、どんな山や川だろうと想像し

て楽しんでるだけかもしれないじゃないか」

声だけはぶっきら棒にならないよう注意してそう言ったのを憶えている。

「そう言われればそうだけど……じゃ、想像してるだけ？」

「いや、さがしてる……」

たぶん彼女はちょっと笑っただろう。眼鏡をはずすと、なかなかきれいな目で、顔もよく見える……それがわかったのがその時だったのではなかったろうか。

「やっぱりね。それで町？　山？……」

「そういう点じゃなくて……線」

「じゃあ川？　道？」

私は首をふってから「国境線」と答えた。

沈黙が落ちただろう。彼女はそこで眼鏡をかけた気がする。今私が口にした言葉をはっきりと見ようとするように……。

「国境って、日本は島国だから、しいて言えば海上にあるのかなあ……領海とか領空とか言うから、海や空にも国境があるのよ。あ、私の地図には海にそれらしい線が引いてあったと思うけど……」

その手で私の地図帳の他のページを開き、「大陸ならこういう風に線が引けるけど……」と言って、確かドイツを東西に分けて流れる赤いギザギザの線を指でたどった。

当時まだドイツは冷戦という無慈悲な言葉によって引き裂かれた二つの、別々の国だったのだ。

私は日本地図にページを戻し、海の青い広がりの中に指をさすらわせた……。

「地図には描きこまれていないだけで、どこかにあるはずだ。日本を一つの檻の中に閉じこめている線が……」

口に出してそう言ったかどうか。はっきりと記憶しているのは、水野一美が、

「あ、成田にあるんじゃない？　去年家族でハワイに行った時、空港にここを通過したら日本の外だっていうところがあった……」

と言って顔をきらめかせたことだ。彼女は俺に気がある……それ以前からか、その時からだったのか、私はそんな風に自惚れていた。

「出国ゲートって言うのかなあ、確か。この前、姉さんに連れて行かれた映画でも、ソ連のバレエダンサーがそのゲートを華麗な跳躍で越えて亡命するシーンがあった」

「線は引いてあった？」

「さあ。でも、審査するカウンターがあって、パスポートを見せて……そこを通過すれば、もう日本の外なのよ」

「それは、けど、日本の中と外の境界であって、その向こうが外国というわけじゃないから、国境線とは言えないよ」

そんな風に、国境に関する私の知識はいい加減なものだった。

私の席は窓辺で、その時も私は地図帳から目を離し、何度か曇りガラスごしに人気ない校庭を眺めたが、記憶には、白いラインを描いているジャージの体育教師らしい姿がある……窓の外にはガラスの曇りをもう一重ねしたような夕暮れの陰《かげ》りがあって、校庭に沈んでいく暮色の澱が白い直線を飲みこもうとしている。あくまで記憶では……である。翌日が体育祭か何かで本当に白い線が引かれていたのか、水野一美の言葉を聞きながら、「線は引いてあるのか」という疑問を胸の中でつぶやき続けていたからなのか
――二十年以上が過ぎ、成田空港の出国審査カウンターで審査を終え、その線の外へとやっと足を一歩ふみだしながら、私はあの夕暮れ時のことを思いだしたのだった。

『やっと』と言ったが、この二十何年かのあいだに海外出張や旅行で何度もその線は越えているはずだ。ただ今度の旅にかぎって、その一歩に多少ながらも感慨があったのは、今から向かう国が、初めての国……しかも、私が昔から絶対に行くまいと拒絶しつづけてきた国……私の中の地図帳から消し去ってしまった国だったからだ。

その国に私は突然向かおうとしていた。感慨が『多少ながら』に終ったのは、突然……あまりに突然その国へと一歩をふみだした自分が信じられず、できるだけ何も考えないように、感じないようにしていたからだ。

それに、私が『国境』にこだわっていたのは、高校の一時期だけで、その後はむしろ、

国境のことなど考えないようにしていた。

あれほど執着していながら、十七歳の私はその一本の線におびえてもいた。


ほぼ三時間後。

笹木哲郎は、飛行機から続く空港の長い通路を歩きながら、腕時計で午後六時三分という時刻を確かめた。そして十分後、入国審査カウンターで自分の番が来た際にもう一度、腕時計を見た。

成田を出る際、出国カウンターを通って一本のラインを越え、今、入国のためにもう一本の別の境界線を越えようとしている。二本の線が三時間十分が過ぎて一本の線に重なり、それが笹木にとっての国境線である……。

だが、笹木がその線を意識したのは、ほんの一瞬だった。笹木は眼前の一つの顔を見つめていた。

入国審査官は若い男で、頬からあごにかけての線がナイフの刃先をさっと走らせたように鋭く一直線に光っていた。

目には日本の若者の目から消えた黒味もある。日本の若者は見飽きないものなど何もないといった褪せたように薄い色の目だ……若い審査官は、パスポートへと落としたその目を、すぐにまた……唐突なほどすぐにまたあげた。笹木の顔に何かを見つけたように……。

笹木の顔を見る目の方が、パスポートを見る目よりもつめたく、無表情で、笹木は自分が写真として見られているような気がした。

「シゴトですか」

日本語でそう訊いてきた。アタッシュケースを手にさげ、笹木は服装から姿勢、顔つきまで日本の中年会社員を絵に描いたようなものである。

「いいえ、観光です」

「カンコーね」

と、自分だけ納得したようにうなずき、パスポートに入国のスタンプを押しながら、

「何を見たい？」とも訊いてきた。

日本語に慣れていないだけとは思えなかった。わざとぞんざいな訊き方をしたようにも聞こえた……。

「天安門……」

と答え、すぐに、

「天安門です」

と丁寧に答えなおした。

笹木の方が、硬い日本語になった。すこし緊張していた。緊張は、審査カウンターで

観光客なら誰もが感じるものだが、今の場合はそれだけとは思えなかった。笹木の勤める貿易会社は海外出張も多く、新婚旅行や家族旅行といったプライヴェートでの旅行までふくめると二十回近く日本を出ている……どの国でも入国審査官の無表情は不安を与えてくるものだが、この若い審査官に感じるのは、何か特別なものだ。

それに「観光です」という嘘をついた後ろめたさもある。

嘘と言えば大げさかもしれない。なぜ、突然海を渡って、この国に来たくなったのか、笹木は自分でも答えを知らずにいる……この国の土を踏んでから考えればいい、そんないい加減な気もちでいたので、フライトのあいだも、半分は隣り合わせた日本人乗客と世間話をし、半分は眠った。いや……。

のんびりした自分を自分に対しても装いつづけていたが、浅い眠りの中にはこの審査官よりももっときびしい目の審査官がいて、「なぜ、この国に来た」「なぜ突然すべてを捨ててこの国に来た……」そう問い詰めつづけていた……答えは知っている。

だが、それをこの若い審査官に説明しても無駄だ。何時間と説明しても納得させることはできないだろう……なぜなら、自分でもその答えに納得してはいなかったのだから。

ただでさえ、背後には日本人ツアーの連中が長い列を作っている。

審査官は、嘘を見破ったように厳しい目をあててくる。

疑っているのか。

だとしても言葉の嘘を見破ったのではない。笹木の顔にある嘘を見破ろうとしている……。『旅券は日本国の発行だが、あなたの顔は日本国の発行ではない』

無言の目はそう語っている。

笹木は、機嫌とりの微笑を作って、銃口のような無言の視線の攻撃をやわらげようとした。だが、微笑が広がったのは、笹木の顔ではない。その審査官の顔の方だ……しかも、これまでの無表情からは想像もつかなかった子供のような無邪気な笑顔である。

「テンアンモンに行きたいなら、飛行機をまちがえました」

そう言われて、やっとミスに気づいた。ハンモンテンと言うつもりだった……それが、席を隣り合わせていた乗客が去年行ったという北京の話ばかりしていたので、間違えたようだ。

「ハン……」と答えかけて、南大門のほうが無難だろうかと考え直し、

「南大門です。間違えました」

と言った。

先刻笑いそこねた笹木の顔には、無理やり糊づけしたようなぎこちない微笑が貼りついたままだった。

審査官は笑いながらパスポートを返し、「どうぞ」と言った。この笑顔に記憶がある……もう四十年近く前のことだから具体的な顔だちは忘れた……ただ、一つの表情だけ

は映画の一場面のようによく憶えている。どんな時も素っ気ないほど無表情で陶器か何かにむけてしゃべっているような気にさせるのに、笑うと不意に血が通ったように生き生きとした人の顔になった……そこが今の若い入国審査官と似ている。偶然とはいえ、記憶の中にある一つの顔に……成田に向かった時から、具体的な輪郭がないまま、しきりによみがえってくる一つの顔にそっくりだったのだ。

そして、それはこの日四つ目の偶然だった。

最初の偶然は、この日たまたまいつものアタッシュケースにパスポートが入っていたことだ。ロンドン出張が再来月にあり、ちょうどそのころパスポートが期限切れになる。まだ有効なうちに新しいのを申請しておこうと思い、昼休みに会社を出ると有楽町の交通会館に向かった。だが、山手線で事故があり、彼の乗った電車は東京駅で何分も停車することになった……これが二つ目の偶然だ。

電車はラッシュアワー時のように混雑し、息苦しさは六分間で限界に来た……電車を降り、ホームの階段を下り、総武線のホームにむけて歩きだしていた。もちろんまだ、成田に向かう電車があるなら……成田であまり待たずにすむ便があるなら、という程度のいたずら半分の賭けでもする気分だった。

だから、十分後に成田空港行きがあり、その十分間に携帯から航空会社に勤める知人に電話をかけ、ちょうど成田に着いて一時間後に出る飛行機に空席を見つけてもらったことも、大きな偶然だったといえるかもしれない。

電車が東京駅のホームをすべりだすと同時に、笹木は東京のすべてと決別するように携帯の電源を切った。

いや、決別といった大げさな意識は微塵もなかった。それから数時間が過ぎ、初めての国に到着し、税関を通過してロビーに出た今も、笹木は実感のないままだった。

そこは出迎え口で、他の国際空港と同じように、人垣が視線を集めてくる。そしてそこにもう一つの偶然が待っていたのだ。

出迎えの人垣には、漢字やアルファベットで人名を記した大きな名札のような紙が何枚も泳いでいて、その中に『佐々木哲男』という名があった。漢字はちがうが、読みだけなら同姓同名になる……もちろん赤の他人だが、笹木は足を止め、名札をかかげ持っていた女も笹木の視線に気づいて見つめ返してきた。

三十少し手前と言ったところか。肌に絹のような光沢があるなかなかの美人だ。もっともほんの一瞬だった。韓国人のガイドか通訳だろうと考え、次の瞬間には無視して歩きだしていた。

めずらしい名前とは言えないから、ただの小さな偶然だ。だが、運命というものを信じるなら、偶然も運命の仕組んだ必然である……その名前を見つけたことで、笹木は本気で『あいつたち』をさがしてみようかという気になったのだった。少なくとも二、三日はこの町に滞在してみようかと……。

　その直前まで、漠然とだが、今夜中に東京に戻れる便があれば、一、二時間タクシーでソウルを回ってもらうだけでその最終便に乗ってもいいと思っていた。

　ロビーに出た際、ソウルという町が生き物のように一つの口をもち、その口に自分が何かの餌のように放り込まれた気がしたのだ。うまく言えないが、この町が、口の中にまぎれこんできた異物にも似た一人の日本人をすぐにも吐き捨ててくれた方がいい……そう思った。


　七時前には南大門近くのホテルの一室に入り、ベッド上に疲れた体を横たえていた。空港で日本の航空会社にそのホテルを紹介してもらい、成田を出る際におろした金の一部をウォンに換え、タクシーに乗ったのだ。

　車窓を流れる街並は、幾何学模様に似た文字で埋めつくされている。もちろん笹木には一字も読めないが、記号のような文字が自分にだけ、何かの暗号を送ってくる気がした。それだけが初めての国に来た実感だった。他は無言の運転手も、道路や街並も、高層ホテルも、その十四階の部屋もまだ東京にいるような錯覚しか与えてこない。

　ベッドの上で上半身を起こし、短くためらってから枕もとの電話機に手をのばし、笹木は国際電話の最初のボタンを押した。いや、意外なほどあっけなく、ほとんど何のためらいもなく……と言った方がいい。午後の重要な会議を無視してきたのだ……会議を捨てたということは、会社を捨てたということであり、それはまた家庭も、妻も見捨てたという意味だった。この外国の一つの町のために……もしかしたら一つの過去のために。日本では大騒ぎになっている可能性があり、部屋に入った段階では、何らかの口実を作って、電話をかけるのを少しでも先に延ばしたかった。にわか雨のせいで体が濡れたから、シャワーを浴びたほうがいいとか、のどが渇いたからビールでも飲みたいとか……だが、浴室にも冷蔵庫にも近づかず、彼はほんの一、二分ベッドに横たわり、すぐに受話器をつかんでいた。

「もしもし」

妻の声は落ちついていた。

笹木は黙っていたが、無言はこの場合、名乗ったのと同じ意味だった。

「どこなの？　会社の人たちが探しているわ」

「俺じゃなく、会議用の書類を捜しているだけだ。大丈夫だ。もうとっくに俺の引き出しを開けて見つけたろうから……。それより、俺を探してるのは会社の連中だけなのか。君は？」

笹木はできるだけ普通の声で訊いた。会社から自宅に『昼休みに出かけたまま戻ってこない』と言う連絡が入ったはずである……。

「一応、事故じゃないかと心配したわ。でもたぶん家出のほうだろうと思ったから」

「家出？」

「だって家出なんでしょ、これ……あの離婚届、見たの？」

「離婚届？」

意外すぎる言葉には驚きも実感もなく、ただ間のぬけた声でそう訊き返した。

「先週、区役所でもらってきたのよ。私の方だけサインも捺印《なついん》もして、台所の食器棚の隅においておいたんだけど……ちがうの？　それより今どこ？」

「ソウル」

「ソウルって、韓国？」

夫の返事も待たずに、「そうだったの……」と自分で合点がいったという声になった。ただ韓国というのは予想外の遠さだったのだろう、その距離に気もちの帳尻を合わせでもするかのように語尾を長くのばした……。

もしかしたら笹木自身にも出せずにいるこの突然の旅の理由を、妻なら答えてくれそうな気もした。だが、もちろん『どうして俺はソウルにいるんだ？』とは訊けなかった。

「離婚届は見ていないよ」

笹木は笑い声をはさみ、「そういう夫婦だったのか、俺たち」と意外そうな声を出した。

「じゃあ、どういう夫婦だと思ってたの」

妻もかすかに笑った。

「結婚して二十年もすぎて、幸福な……普通の意味での幸福な夫婦なんているはずないから、もちろん、俺も何度か離婚のことは考えたよ。特に翔一が大学に入るころからは……。別に君の責任というわけではないが、いつか人間関係というのはすりきれるだろう。ただすりきれても、逆に、体というか気もちというか、相手になじんでしまった自分がいて、その方が心地よかったりするから、自分がそうだから、君もそうだと漠然と考えていた」

笹木の頭を『落差』という言葉がかすめた。

確かに笹木も離婚を考えたことはあるが、考えるのと実際に離婚届をもらいにいくことのあいだには、大きな差がある。その差が今の自分と妻との、結婚や幸福に対する意識の落差だ……。そう思った。

「それで、君はなぜ離婚したいんだ」

「……その話は、帰ってからでいいわ」

と言い、不意に自信をなくしたかのように、「帰ってくるんでしょう?」と訊いてきた。

「ああ、もちろん、二、三日したら……」

「だったら、それからにして。今は急場の話をしないと……会社にはどう言うの」

「今一番の急場は離婚問題だ。会社のことは心配いらない……親戚の者がソウル旅行中に事故にあったとでも言っておく。昼休みに連絡が入って、偶然東京駅にいたから成田ゆきの電車に乗ってしまったとでも」

「そんな嘘、すぐにばれるわ」

「ばれても、それで辻褄があえば信じたふりをしてくれる……組織では、面倒な真実よりも簡単な嘘の方がよろこばれるんだ」

笹木はそんなことを言ってから、「それで？」ともう一度、離婚したがっている理由を訊いた。

妻は返答をためらっていたが、やがて、

「どっちがいい？　ややこしい本当の理由と、簡単な嘘と……」

「………」

「家族だって組織だわ」

笹木はまたちょっと笑った。

「もちろんどんなに複雑でも、本当の理由がいい」

「だから、それだとこんな突然の電話で話せるようなことじゃないから。ただ一つだけ言っておきたいけど」

短い沈黙をはさみ、「私に男ができたとか、そういうことではないから」と言った。

その声に続けて、長いため息をついた。笹木は黙って、そのため息を聞いた。

「…………」

「簡単な嘘がいいのなら、そういうことにしてもいいけど」

「いや……」と答え、笹木は急に気もちを変えた。「そうだな、帰ってからまたゆっくり話そう。俺がどうして突然ソウルに来たか、その話も……俺の方も、もちろん女ができたとかそういうことじゃない。わかってるだろうけど」

「…………」

「どうしたんだ？　まさかと思うが、疑ってるのか？」

「いいえ、ただその方がいいかもしれないって、ちらっと思ったの、今」

「簡単な嘘の方がいいということ？」

「いいえ、嘘はいや。でも、もし本当に、あなたが私以外の女と旅行に出たというのなら、その方が結論を出しやすいと思ったのよ」

「だったら無理にでも女性に近づこうか……この町で。すでに飛行機を降りてから一人、気もちの動いた女がいる」

「どういう女性？」

「モデルみたいにすらっと背が高くて、目が謎めいていてきれいだ……」

「だめよ」

妻は笑った。

「あなたは嘘が下手だわ」

妻の笑い声が、その会話に小さなケリをつけた。笹木はひとまず電話を切ろうとして、

「一つだけ訊きたいことがあった」と言った。

「俺たち、同窓会で再会してつきあいだしたんだけど、最初にそういう関係になった晩のことが、この前から必死に思いだそうとしてるのに、思いだせないんだ、いつかということも場所も……。江ノ島のホテルでのことはよく憶えてるが、あれは最初じゃなかったろう？　高校の時、初めてちゃんとした言葉を交わした日のことはよく憶えているんだが」

当惑気味の沈黙の後、

「同窓会の晩よ」

と妻は答えた。

「最初の同窓会……」

「ええ」

「……その晩のうちだった？」

「あなた酔いつぶれてたから、記憶に残らなかったのよ。それに大したことは何もなか

ったし……そうね、私が記憶に残してる方がふしぎだわ。どうして忘れなかったのかしら……あんな、つまらない晩のこと」

ひとり言をつぶやくように言い、「それより、高校生の時のことは私のほうが忘れてるわ。どんな言葉を交し合ったの、私たち」と訊いてきた。

「俺が一人放課後の教室に残っていたら、君が忘れ物をしたと言って戻ってきたんだ」

「あなたは何をしてたの」

「地図を見てた。それで君が、いつも地図を見ながら何をさがしてるのって訊いてきた」

「いやだ、全然思いだせない。何をさがしてたの」

笹木は答えようとして口を開いたが、流れだしたのは「いや、それは憶えていない。ただ地図を見ていたことだけは変にはっきりと憶えている」そんな嘘だった。

それが嘘と気づいたのか、気づかなかったのか、「あなたもつまらないことを憶えてるわね」妻の一美はそう言い、「じゃあ」とだけ言って、電話を切った。

その後、すぐに会社に電話をかけ、妻に言ったとおり事務的な嘘の理由で三日間の休暇をもらい、電話を切った後、冷蔵庫からビールをとりだして飲んだ。ラベルに暗号にも似た文字のあるビールは、日本のビールに慣れた口にはかすかな違和感があった。

――それから、私は窓に近寄り、カーテンを開け、思わず目をみはった。

部屋に入った瞬間から、レースのカーテンのむこうにある灰色の広がりを隣りのビルの外壁だと思っていたのだが、それは空で、空の下には思いがけない巨大さで町が広がっていた。

間もなく夜が始まろうとしていたが、夕もやの最後の灰色にはまだかすかに午後の青みが染みついて残っていた。

夕もやは東京と変わりない街並の雑多で平凡な印象を消し、代わりに無数の灯が点描画でも完成させるように点々と広がっていく。灯の白さも、ネオンの色合いも東京とはどこかちがう。

異国情緒と言うと大げさになるが、それでも海を渡って初めての町にいることが、やっと実感になった。それなのに、その町は静かな郷愁に似たものを、私の胸に喚び起こしてもいた。

妻との会話も離婚という意外な展開を見せながら、ふしぎな自然さと静かさのうちに終わった。そのことに私は安堵に似たものをおぼえていた。それは、妻との関係が今の電話で逆に修復されたという安心感ではない。

やすらぎに似た透明な優しい安堵感の中で、私は、これで東京に戻り、妻が本当に離婚してほしいと言ってきたら、何の感情の乱れもなく黙って率直に、その一方的な唐突すぎる申し出を受け入れてやれそうだと思ったのだ。離婚という言葉が、夫婦関係の終止符ではなく、妻と夫それぞれの人生の休止符のように思えた。

妻は予想通り、終始、落ち着いた声だった。

妻の声が暗い緊張を帯びて聞こえたのは、たった一度……自分に男ができたのではない、と言った時だけだった。

その後に長く続いたため息は、

「だから、安心して。私はあなたのお母さんとは違うわ」

という言葉だったのだろう。私は、子供のころから抱き続けてきた一つの疑いについて、妻に語ったことは一度もないが、二十年も一緒に暮らしているうちに、それはごく自然に妻の疑いにもなっていたのだろう。面倒な真実より、簡単な嘘の方がいい……それは父が子供のころの私に与えた一番の教育だった。父にとっては「母さんは旅先の事故で死んだらしい」という嘘のほうが、「母さんは男を作って、海のむこうへ逃げた……」という事実より、家族という組織にとっては、好都合なシンプルさをもっていると判断したのだろう。そして私は、家族の一員であり続けるために、だまされたふりをし続けたのだ……父の死後も、今日まで。

ほぼ四十年ぶりに私は、何の抵抗感もなく自然に、母の顔や一人の男の顔を思いだしていた。思いだした顔は、夕暮れのソウルにひどくしっくりとなじんでいた……窓ガラスに映った私の顔や体のように。

国境は地図にではなく、私の体の中にあったのだ。体の中にある二つの渾然といりまじった国に、はっきりとした一本の線を引きたがって、四十年もいらだちつづけてきた。日本にいるあいだ、こだわりつづけてきたその線が、この国に来ると消え去ったように何の意味もなくなっていた。そう思えた。それほど自然に私の体は……少なくとも私の体の半分は、眼下に広がる町にとけこんでいた。

ソウルは空港で口に入れた餌を、ゆっくりと咀嚼しはじめた。

偶然ではなく運命的な必然で、ここにいる……そう感じた。そして、その時、不意に途方もない考えが私のふしぎな安らぎの中に忍びこんできたのだった。全部が必然だったのなら、空港でロビーへと出た瞬間に遭遇した小さな偶然も、必然ではなかったのか。

あの見知らぬ韓国女性がかかげもっていた一つの名前は、私の名前ではなかったのか。私の姓はよく『佐々木』と書き間違えられるし、会社にも『哲郎』ではなく『哲男』だと思いこんでいる同僚がいる。私を見てその瞳を黒真珠のように暗く、美しく輝かせた女は、本当に私を待っていたのではないのか。

途方もないとしか言い様がなかった。この町に来ることを私自身が知らなかったというのに……。

2

すぐにも空港に戻ろうとしたのか。

私は無意識のうちに手荷物と部屋のキーをとり、ドアを開け、そこで我に返った。廊下は、ただ長く、静かだった。青みがかったグレーの絨毯を敷きつめた廊下は、東京のホテルのそれと何ら変わりはないが、その静寂の何かがここは東京ではなく、ソウルなのだと伝えてくる……外国の町。外国の女。彼女だけでなく、誰一人、私がこの町に来たことを知らなかった……私自身さえ知らなかったのだ。どこかで国境線を越え、空港のロビーへ第一歩を踏みだした時には、当の私が本当に自分がソウルに来たのか、よく知らずにいた。

だから、彼女が迎え入れようとしていた『ササキテツオ』が私であるはずがない……そう思いながらも、すぐに私は、

「いや——」

と否定していた。

いや、一人だけ、私がソウルにやってくることを知っていた人物がいる。

飛行機の中で隣り合わせた男だ。

定年退職した後、一人でこれまで行けなかった外国の町を観光して回っているという初老の男は、この前に行った北京の話ばかりしていたが、それでも私が初めてソウルに来ることを知っていた……私はその男に「大した目的もなくふらりと出てきた旅で、ホテルも決めていない。そういう旅の仕方が好きだ」と適当に答えていたし、あの男なら私が前のネットにはさんでおいた航空券の名を見て知っていた可能性はある……航空券に記されたササキテツオのローマ字名を。

髪が薄くなり、どことなくやり手商人風の笑顔をもった男は、飛行機が着陸するといかにも旅慣れた様子で口早に私に挨拶し、誰より早く席を立ったが……私より一足も二足も早くロビーに出て、待っていた女に私の名前を教えたのではないか……ササキテツオという名から一番想像しやすい『佐々木哲男』という漢字名を。そして女に、後から出てくる私の注意を引けと指示した……そうは考えられないだろうか。何のために？もちろん、わからないが、新手の売春か、客引きかもしれない……。

あの佐々木哲男はやはり私のことであり、隣り合わせた男と一人の女とが組んで私に仕掛けたちょっとした罠ではなかったのか。

半端にドアを開けたまま、突っ立ち、私はそんなことを考えていた。ドアを閉め、改めて見まわした部屋は、誰もいない廊下と同じように意味がなかった。窓辺のソファに坐り、デスクの上にあった革表紙の冊子をとった。ホテルの案内で、ハングルだけではなく、日本語でも書かれている。書かれている規約も日本のホテルのものと変わりない。私はすぐにそれをデスクに戻し、この部屋で唯一意味のあるものを見た。

窓を……正確に言えば窓ガラスのむこうに広がるソウルの町と空を。

短い間に暮色は濃くなり、街並は灯で埋めつくされている。色とりどりのネオンと街灯の白い点描……私は出張で世界各国を旅し、国によって空や太陽の色が違うように、ネオンの色が違うことを知っていた。たぶん昼のうちコンクリートの肌の裏に隠していたその国らしさが、夜がもつふしぎな浸透圧によって肌の表へとにじみだすのだ……夜そのものの色に違いがあり、それが灯に反映するのかもしれない。ソウルの夜空は、二種の藍で染め分けたような濃淡のぼかし模様をもっていた。もっとも、夜は始まったばかりだし、それは今年という年の、今日という日の、今という一瞬に限られた空の色なのだろう。

八月六日、午後七時四十二分。

いったい、この後、ソウルという町がどんな色に変わっていくのか、一メートル四方の窓から一晩中見守っていたい気がした。ただし、それはできなかった。私は空腹だった。妻への電話が終って深い安堵をおぼえると同時に、朝からほとんど何も食べていないことを思いだしたのだ。町に出て何かを食べよう、そう思った。だが、私はすぐに窓を離れなかった。こんな風に突然国境を越えたことがまだ信じられず、気もちのどこかで町の中に足を踏み入れるのを恐れていたのだ……一枚の窓ガラスが、成田空港の床に引かれていた一本の線のように、私とソウルを隔て、一人の日本人として生きてきた私の四十数年の過去を守ってくれていたのだ。それに、空腹を覚えていたのは、ソウルの町の方だった……私という餌を咀嚼し、味わい始めたこの町が、その餌を飲みこみ消化してしまうのを、私はどこか恐れていた。消化され、重要な栄養素のようにこの町の生命の一部になってしまうことを？……それとも、消化不良を起こす異物として、吐き棄てられることを？

私は自分が、この国と日本との間にある境界線のどちら側に立っているかも知らなかったのだ。

立ちあがり、ドアに向かおうとして、私は思わず足を止めた。

床に絵葉書が二枚落ちていて、その一枚を靴の先で踏みつけていた。

先刻ホテルの案内をデスクに戻した際、中からこぼれ落ちたもののようだ。一枚は宮殿のような建物が写されていて、もう一枚、私の靴が踏みつけた方には、白い花の写真があった。

私は子供のころから、この国に関する事柄をできる限り避けて生きてきたが……それでも、その花がムクゲという名で、この国の国花だということを知っていた。

私の家は、さびれ果てた鉄工所の裏にあった。鉄工所のトタン塀に沿って長屋のように続いた薄っぺらな瓦屋根は、神社のある小高い丘の斜面にぶつかり、そこで行き止まりになっていた。私の家は、その袋小路に、丘の石垣を背負うように建った一軒だった。

さびれ果てたというと、私が思い浮かべるのは「寂れ果てた」よりも「錆びれ果てた」という漢字のほうだが、それは、トタン塀が赤茶けた色に錆びつき、腐蝕しかけているのを毎日のように見て育ったからだろう。土間と二間の部屋だけの狭くるしさだったが、それでも一坪足らずの裏庭があり、トタン塀は裏庭の囲い代わりになってもいた。いや、裏には別の、木の柵が囲いとしてあったのだが、雨ざらしのために朽ち果てていたのだと思う。どちらにしろ、鉄工所が毎日朝早くから立てる騒音を防ぎようがなく、親子三人の暮らしに、その音は絶えずからみついていた。

記憶では、家の中も裏庭も陽があたらず一年を通して暗い湿りを帯びているのだが、これは、当時のことを陰画の中に押しこめて思い出さないようにしていたためだろう。

少なくとも夏には陽が射しこんでいたはずだ。朽ちかけた木の柵に朝顔のつるがからみついていたのを憶えているし、トタン塀をしのぐ高さで一本の樹が葉を繁らせ、うるさいほど花を咲かせていたのだから。

当時の記憶の中で主役とも言える大きな位置を占めるのが、その樹だ。特別な樹ではない。

葉を繁らせればちょっとした目隠しや日よけにはなったが、秋になりその葉も落ちると、トタン塀の腐蝕が目立って、かえって庭をさびしく見せるだけだった。ただ夏が近づくころから花をつけ始め、真夏には満開になる……白い、やわらかなシャツ生地のような花は中心部が濃密な赤に染まっており、人の指ほどの長い蕊《しべ》がその赤の中心からまっすぐ伸びている。確か蕊《しべ》は黄色で、それが内側からつぼみを突き破ったような格好に花は開いていた。

ごく普通の男児だった私は昆虫や動物に興味をもっていたものの、植物、それも花となると、夏休みの宿題で観察させられた朝顔くらいしか知らなかった。そんな私が、なぜその樹の花だけはしっかりと頭に焼きつけているかというと、ちょうど一人の男が頻繁に私の家を訪ねてくるようになり、母が家を出るまでの期間が花の咲く時季と重なっていて、絶えずその花が男の顔や母の顔の背景に咲いていたからだ。

たとえば最初に男が私の家に顔を覗かせた際も、記憶の中でその顔は花と二重写しになっている。

顔を覗かせたというのは文字どおりの意味だ。風の強い午後、裏に干してあった洗濯物が飛び、母が困っていると、その洗濯物をもって男はトタン塀の上に顔を出したのだ。

ちょうど学校から帰ってきた私に母が「鉄工所の中に落ちたと思うから、もらってきとくれ」と言った時だった。

その声に答えたのは、

「これだろ」

と言う男の声だった。

トタン塀の上に工員らしい若い男が顔を出し、ハンカチでもふるように手にした洗濯物をふった。母は慌てて下駄をつっかけ、跳びつくようにしてつかみとると、一瞬のうちにそれを小さく丸め、家の中に戻ってきた。日ごろは冷ややかなほどもの静かな母が、珍しく動転して顔色を変えたのを、四十年近くが過ぎた今も、鮮やかに思いだせる……母がトタン塀の上に男の顔を見つけた瞬間、ウッと喉がつまるような声をあげ、一瞬顔だけでなく全身を硬直させたのを覚えているが、それはその洗濯物が母の下着だったからだ。当時シュミーズと呼ばれていた下着が男の手で拾われたことに、母は言い知れぬ恥ずかしさを覚えたのだ、そう思っていた。

男はすぐにトタン塀を離れず、逆に塀の下部に渡した板に足をのせ、肩から上を庭に乗りだして、「ふーん」とうなりながら、興味深そうに家の中を見回した。

「塀のむこうは、どうなってるのかと想ってたけど……こういう家だったのか」

と言い、濡れ縁に立った私を見て、「ここの子?」と訊いた。

私がうなずくと、それ以上は何も言わず、無表情な目でしばらく私を見ていた。男を避けるように背中を向けていた母が、「哲ちゃん、仏壇に桃があるから一つやって」と言った。男がなかなか立ち去らないのを礼を待っているからだとでも思ったのだ……そう考えて、言われたとおり、桃をとって庭に下りようとすると、男が、

「投げろよ」

と言った。

狙いをつけて投げたのだが、桃は男の体を大きくはずれた。だが、次の瞬間、動物のような敏捷な跳躍を見せ、それは男の手にしっかりと摑みとられていた。しなやかに大きく腕をふりあげ、その拍子に、そばの樹から幾つもの花がぱらぱらと庭にふり落ち……男はそのまま鉄工所の庭へと下りた。やがて、塀のむこうから、桃をかじり皮を吐き捨てるような音が聞こえ、足音は遠ざかった。

後になってわかったのだが、三十間近になっていた母より二つ三つ年下だった。ちょうど若さを残したまま男として出来上がる年齢で、ランニングシャツからむきだしになった腕も顔も鉄くずや機械の油で黒ずみ汚れてはいたが、しっかりとした線をもち、みずみずしい樹皮のように黒光りしていた。

顔は痩せていたが、頰から顎にかけてナイフを走らせたような鋭い線があり、同じ鋭さで目尻が長くまっすぐに切れあがっていた。トタン塀から覗いたその目は、四十年が

過ぎようとしている今も、花の陰で暗い光を放ち、何か間近に迫った危険を私にむけて告げようとしているかのようだ……。

もっともその男に関心をもったのは私だけで、母はむしろその男を嫌っているように見えた。

男の指の跡が黒くしみついた下着を洗い直しながら「あんな汚れた手で拾われたらかえって迷惑だわ」と不機嫌な声を出した。

それから間もなく、鉄工所の所長と飲んで酔いつぶれた父を、その男が背負うようにして家まで送り届けてきたことがある。父は所長夫婦と親しくしていて、よく鉄工所にも出入りし、雇われてまだ間もないというその男のことも、母や私より先に見知っていたのだ。父を背負って、突然、今度は表のガラス戸から現れた男にとまどいながらも、母は「体の弱い人に、こんなに酒を飲ませて」となじるような言葉を男にぶつけた。自分の責任ではないのに叱られて、男は狭い土間に居場所がないと言うように大きな体を精いっぱい小さくして立っていたが、やがて、

「体が弱いなら、裏の樹の花を煎じて飲ませるといい」

無表情にそう言った。

出ていく前に、奥の部屋のふすまから覗いている寝巻き姿の私を見つけ、笑いかけてきたような記憶があるが、それはまた別の晩だったろうか。

ひと夏の間に、同じような晩が何度もくり返された。父はその男のことがもともと気に入っていたらしく、その晩を機に時々家に呼んで、一緒に卓袱台を囲ませるようになった。無愛想な上に口数も少なく、鋭い目つきやしゃべる時の投げやりな声の捨て方には不良っぽい印象もあったのだが、それでも何を頼んでも黙ってうなずき、私たち三人のためにいろいろなことをしてくれたし、時々、思いだしたように突然見せる笑顔には、父が「笑うと、哲郎より子供っぽい顔になるな」と言うほどの幼い無垢さがあった。

何よりも私のことを可愛がってくれ、夜勤の多い父に代わって銭湯に連れていってくれたり、当時はまだ高級品だったグローブをどこかから手に入れてきて、空き地でキャッチボールをしてくれた。

「テツオはきっと野球選手になれる。最初に桃を投げてよこした時に、いい腕だと思った」

無口といっても、それなりに男はいろいろな言葉を私に語ったが、なぜか、母親の前で私の頭をなでながら言ったその一言を、私は一番鮮明に記憶している……父は戦死した弟の代わりのようにその男を可愛がっていたし、一人っ子で人馴れせず小学校でもほとんど友達らしい友達のできずにいた私にとっては、二十歳近く年の離れた男が唯一の大切な友達代わりだった。

それなら、母にとって、男は何の代わりだったのだろう。

最初のうち男を嫌っているとしか見えなかった母も、そのうちには男にうちとけ、笑顔で受け入れるようになった。いや――。母が男に笑顔を見せるのは、男と二人でいる時だけだ……私や父のいる場では、さすがに最初のころのような冷淡な言い方はしなくなったものの、男に対してよそよそしい態度をとりつづけ、男が帰った後、

「あの人は私にだけ、変に無愛想だわ」

自分の態度を棚にあげて、そんなことを言ったりした。

実際の男はその言葉とは正反対に、母の前だけでは愛想笑いを浮べ、絶えず母の機嫌をとろうとしていたのだ。「テツオは野球選手になれる」という言葉も、当の私より、母の歓心を買うために口にされたのだ……子供心に私は、男が私を可愛がるのは母の機嫌をとるためだということにうっすらと気づいていた。「野球選手になれる」と言った時も、そのわざとらしさに男の一番厭なところを見て裏切られたような気もちになり……だからこそその一言は私の記憶に深く根を張って残ったのだろう。

そんなわざとらしさに母は女としての嫌悪感をもつのかもしれない……そう思ったし、もう一つ母が男を避けている理由に思い当たってもいた。

母が男の無愛想さを責めるような言葉を口にするたびに、父は、「子供のころから日本人にはいじめぬかれてきたと言うからな、どんなに親切にしてやっても、日本人への警戒心を解けないんだろう」という言い方をした。

私は最初のころから、その男が『岩本達志』という日本人の名前でありながら、日本人ではないことを知っていたし、男の顔にある薄い膜でもかぶったような印象……どこか暗い、寒そうな冬に似た影が、父の言葉どおり、そのせいだともわかっていたし、母が男を避けているのは、父や私にはどうでもいいそのことが、母にとっては重要な意味をもっているからだろうと考えていた。

ただ、学校で友達ができない代わりに、本を読みふけって大人の世界を覗き、普通の子供より大人びていた私は、母が男を避ける素振りに、嘘に似た『演技』を感じとっていた。母がどんなに腹を立てた時でも、その怒りをいったん口にふくんで小出しにするような、どちらかと言えば物静かな女で、笑う時も声を出さず表情をかすかに崩すだけだった。

その母が声を立てて笑うのを私は二度しか聞いていないが、二度ともその年の夏のことで、どちらにも男がいた。

一度は、夕方になり、私が学校から帰った時のことだ。いや、もしかしたらもう夏休みに入ったころで、公園で一人遊んだ帰りだったかもしれない……家に入った直後に夕立があり、その夕立のさなか、雷鳴よりも荒っぽい音でガラス戸を開けて跳びこんでくると、母は雨音よりも派手な笑い声をあげたのだ。後に続いてびしょ濡れになった男が、麻袋をかついで入ってきた。麻袋の中は米だったようだ……「こんなに湿ったら、お粥になっちまうよ……水粥にね」母はそんなことを言い、さらに「あんたも早くそのシャツを脱がないと、ふやけちまうよ、体が」という冗談を続け、また笑った。父や私の前では決してしない蓮っ葉な物言いであり、私が生まれて初めて聞く弾けるような笑い声だった。

ただその笑い声も長くは続かなかった。

土間に私の運動靴を見つけ、母はハッとなって奥をふり返り、畳の上に突っ立った私を見つけたのである。

「なんだ、哲ちゃん、帰ってたの」

と言い、不意にいつものよそよそしさに戻ってそそくさと男を追いだしてしまった。

たったそれだけの、一分足らずの出来事だったのだ。私はあの甲高い笑い声を母の体から引き出したのは雷や稲光だと考え、すぐにも忘れようとした。子供の私にはなぜなのかうまく説明できなかったが、母の笑い声が痛みのうめき声や悲鳴よりもおそろしいものに思えたからだ……。

その時のことで一番鮮やかに記憶に残したのは、しかし、母の笑い声よりも、裏庭の樹に咲いていた花である。

「米を買って汗だくになって運んでたら、ちょうどイワモトが通りかかってくれてね……お前はよかったよ、雨に降られなくて」

イワモトを帰した後、母がそんなことを言いながらすぐそばでびしょ濡れになったブラウスを脱ぎ始めたので、私は目を裏庭へとそらしたのだ……樹に群がり咲いていた花は、激しい雨に叩かれて、どれも無残にくずれかかっていたが、それが、べっとりと母の胸に貼りついたブラウスの生地のように見えた。まだ私のことを子供だと思っていた母は、当時も私の前で平気で素肌をさらけていて、乳房を見せるのもめずらしいことではなかったが、あんな笑い声を隠していたとわかってそれまでとは別の目で見たせいか、透けたブラウスの下にほの白く浮んだ乳房が、ひどくなまめかしく見え……記憶では花までが、汗のようなねっとりとした雨に濡れ、変にしどけなくその姿をくずしている……。

その前だったのか後だったのか、あと一度、夏の盛りに私は母の笑い声を聞いている……ただしそれは夕立の時とはちがい、くぐもった忍び笑いだった。この時の私は、母がイワモトと一緒にいるところを見てはいない。学校か遊びか、どこかから帰ってきて、ガラス戸ごしにその声を聞いたのだ。ガラス戸は内側からねじ式の錠がかけられて閉っており、私が「母さん」「母さん」と呼ぶ声に答えて戸を開けた母は、

「暑気あたりかしらね、外出したら体がぐったりして……少し横になっていたんだよ」

乱れた寝巻き姿を弁解するようにそう言った。母は一人だったが、それでも私はほとんど本能的に母の体に別人の体臭をかぎとり、一瞬前まで家の中には母以外にもう一人

誰かがいたと感じとった。

夏になると間仕切りのふすまがとりはずされ、狭い家は土間に立てば裏庭まで簡単に見通せた。暑い日盛りだったが、裏庭に面した障子は半間ほど開いているだけで、障子の陰りが一番濃くなった部屋の隅を選ぶように布団が敷かれていた……そして、障子のすきまから、裏庭に樹が見えたのだ。ちょうどその樹を足がかりにして誰かがトタン塀を乗り越えたような、そんな気配を残して、生い茂った葉は波だっていた……やはりほんの一分足らずの小事で、この時も私は母の笑い声以上にその花を鮮やかに記憶に残した。

かくれんぼでもするように、あの日の母は閉め切ったガラス戸の裏に本当の自分を隠し、忍び笑いをもらしていたのだが、裏庭の花も、まぶしい日盛りの光を避けて葉陰に隠れ、くぐもり声でこっそりと笑っているように見えた……いつもは潔白と言いたいほどの確かな白さで真夏の光をはね返し、堂々と咲き誇っている花が、あの日だけは母を真似るように陰に隠れて、ひそかに笑い声をたてていた……。


南大門から続く通りを人の流れにまぎれこんで歩きながら、私はあの年の夏をフラッシュバックのような断片で思いだした。

正確には、『断片でしか思いだせなかった』である。漠然と私は、この国の生の空気にふれれば、四十年近い歳月を越えてあの夏を私の身近へとたぐり寄せられそうな気がしていた……あの夏、母とあの男とのあいだに何があったか、子供の私の目ではとらえられなかったことまでが見えてくる気がしていたが、この国のすべてを詰めこんだようなソウル一の繁華街の喧騒は、逆にあのひと夏を私からもっと遠ざけてしまっただけだった。

南大門の市場やデパートもある商店街は、人でごった返し、まっすぐの広い通りまでが、人垣を連ねた迷路のように思えた。一語もわからない外国語の喧騒の中から、時々もっと耳慣れない言葉が聞こえてくる……それが、人ごみの中にかなりの人数でまじっている日本人観光客が発している日本語だと気づいて、思わず足をとめるほど茫然とした。

少なくとも私の体の半分には日本人の血が流れているはずだが、それさえも信じられなくなるほど、その街では日本語も私から遠く切り放された別世界のものになってしまっていた。狭い路地に足を踏み入れ、日本人観光客が入りそうにない殺風景な食堂風の店で簡単に食事を済ませ、私はすぐにもホテルに戻るつもりだったが、客引きに誘われるまま、イミテーションの宝石店やブランド品の専門店に入って、妻への……今日現在はまだ妻と呼べる女性への適当な土産物がないかさがした。

ホテルの窓から眺めた際には、優しく受け入れてくれそうに見えた町が、実際に歩いてみると、私をひどく邪険に突き放そうとしたのだ。明日起きたら、すぐにまた空港に向かった方がいいかもしれない、そう思ったのだが、模造ダイヤの指輪を買ってホテルへと足を向けた時には、「いや、明日は郊外に出てムクゲの花が咲いている場所をさがしてみよう」と考え直していた。

食堂風の店でカタコトの日本語をしゃべる店主から「どうしてソウルに来た」と訊かれ、私はホテルの部屋を出る前にポケットに入れた絵葉書をとりだし、「この花を見に来た」と答えている。適当に返事しただけのつもりだったが、答えた後、案外それが本当の理由かもしれないと思った。

一昨日だったか、テレビのニュースで韓国の国花が今盛りを迎えている模様を伝えていた。それが意識のすみに残り、今日の午後、東京駅の電車の中で、不意に大きな意味をもってしまったのかもしれない。私をこの国へと導いたのも、この花だったのかもしれない……郊外に行けば、この国にはまだ、今の日本からは消えてしまった四十年前の素朴な太陽が残っているかもしれない。その光を吸ったムクゲの花が、あの夏、花の陰に隠れて子供の私の目にはよく見えなかった母やイワモトの本当の顔、それからまた、私が父と呼んでいた一人の男の本当の顔を白日のもとに引きずり出して見せてくれるかもしれない。ホテルにむけてゆっくりと歩きながら、私はそんなことを考えていた。

笹木がホテルに戻ったのは十時近い時刻だった。

エレベーターに乗るために、ロビーを横切ろうとした時、

「笹木様……」

フロントにいた日本人スタッフに呼びとめられた。

「お出かけの間に電話があって、戻られたら電話がほしいということでしたが」

「誰から？」

「名前はおっしゃいませんでした。電話があったというだけでわかるからと……女性の声でした」

「日本人だった？」

「たぶん……自然な日本語でしたから」

東京から妻がかけてきたのだろうか。

笹木は礼を言い、エレベーターに乗った。十四階のボタンを押して、ドアとは反対の壁に寄りかかり目を閉じた。疲れ果てていて、そのままエレベーターの中でも眠れそうだった。突然の長旅……いや、四十年の長旅にやっと一区切りがついたのである。

エレベーターが動き始めてから、笹木は人の気配を感じて目を開けた。女性が一人、ドアのそばに立っている。

ドアが閉まる間際に乗りこんできたらしい。ほとんど背を向けているのではっきりとわからないが、スタイルの良さと背中の中ほどまで垂らした髪が、あの空港の女と似ている。

ただ空港の時とは服装がちがう。空港のロビーでもほんの数秒目をとめただけだから確かではないが、あの時は通訳かガイドといった制服のような地味なスーツ姿だった気がする。今、目の前にいる女は、髪とそっくりの、黒い、絹のような光沢をもった素材のワンピースを着ている。素肌に下着のように薄くまとわりついている生地には夜の香りがした。

男の影も感じとれた。最上階のラウンジで、誰か男が、カクテルでも飲みながら待っている……。

そう想ったが、十四階でエレベーターが止まると、女が先に降りた。瞬間、笹木はやはり、あの空港の女だと直感した。

フロントでもちらっと考えたが、電話をかけてきたのもこの女だ。空港で『ササキテツオ』と出会えなかった女は、方々のホテルに電話をかけ、このホテルでやっと宿泊客の中にその名を見つけ……ロビーでササキの帰りを待っていたのだ。そして、ササキ様と呼ばれた男の後を追って、こっそりと忍びこむようにエレベーターに乗りこみ……今、彼より数歩前を歩きながら、そのうしろ姿でササキを追いかけ続けているのだ。ただでさえ背が高いのに、何センチもあるヒールをはき、まっすぐ……だが、静かにゆっくりと女は廊下を歩いていく。

笹木の部屋がある奥のほうへと……。

一四〇二号室という部屋ナンバーはすでにフロントから訊きだしていたのだろう。間違いなかった。

女はそのナンバーの前で立ちどまり、ドアが開くのを待つようにじっと……静かにそこにたたずんだ。笹木は近寄った。影が、女のむきだしになった肩に落ちた。エレベーターの中で女の夜の装いに感じとった男の影は……この女を待っていたのは、この俺だったのだ、と笹木は思った。

女がやっとふり向いた。二人の顔は触れ合うほど接近していたのに、女は驚くこともなく、冷ややかなほど静かに笹木の目を見つめた。空港にいた女だ……化粧が濃くなった印象があるが、たぶん同じ女だ……。

笹木はどんな言葉をかけたらいいかわからなかったので女の言葉を待ったが、女は無言で笹木を見つめたまま、ドア脇のチャイムを鳴らした。

一度……しばらく待ってから今度は続けざまに二度、さらに三度……。

ドアのむこうの闇にチャイムが空しく響きわたった。女の顔は相変わらず冷静だったが、チャイムを鳴らす少し乱暴な手にいらだちが出た。いらだちはたぶん、手に部屋のキーをもちながら棒のように突っ立っているだけの日本人に向けられたものだ。

女が鳴らすチャイムは、「そのキーで早く部屋のドアを開けて」という言葉なのだ。それはわかった。わかったが、そう簡単に見知らぬ女を部屋に入れるわけにはいかなかった。

やがて、静止したままの笹木の手からキーをとりあげ、女は自分でドアの錠をはずし勝手に部屋の中に入っていった。廊下に残り、笹木は、今からフロントに行って事情を話し、ホテルの従業員に女を追いだしてもらおう、そう考えた。だが、それもほんの一瞬だった。

何かトラブルに巻き込まれるのを怖れたのだが、今、自分がソウルのホテルにいること自体が既にとんでもないトラブルなのだった。

そう開き直り、笹木は次の瞬間、女の背に続いて部屋の中に足を踏み入れていた。

女は自分の部屋のように落ち着いた足取りで奥へと進み、窓辺のスタンドに灯をつけた。その灯をスポットライトのように浴びて、そばのソファに坐った。

組んだ脚を美しく床の絨毯へと流した女は、自分の商品価値を知り尽くしているのだ。一番自分をきれいに見せるポーズをとり、自身たっぷりに『どう?』とカメラマンに問いかけているモデルのようだった。

男の性欲は、完璧な均衡を目にした時に人が感じる破壊の衝動に似ている。そのことを知り尽くした目で、女は私をいどむように見た。

私の方が気後れしていた。面接会場で試験官の前に立って、質問を待っている受験生のような気がした。だが、女は無言だった。無言の代わりに体の線が、鮮やかな原色に光る唇が……私の顔をしっかりと焦点につかみとった目が、すべての言葉を語っていた。

「空港のロビーでも会っている?」

と私の方から訊いた。

女は何の反応もしなかった。

「日本語は話せないのか？　それなら日本語を話せるホテルのスタッフを呼ぶが」

威嚇が効いたのかどうかはわからない。女の顔はやっと表情を見せた……口もとから微笑が顔中に広がった。

「話せるわ。何も答えなかったのは、答えたくなかったから」

意外なほどたくみな日本語が、その唇から流れだした。この国らしい燃えるように熱い赤の口紅を掬いとりながら……。

「空港でササキテツオという男を待っていたね」

「ええ」

「君が待っていたササキテツオは僕じゃない。同じ名前だが……漢字がちがう」

かすかだが、眉間に皺を寄せ、女は首を横にふったように見えた。私は電話機のそばにあったメモ用紙をとり、『笹木哲郎』と書いて、女に渡した。

女はしばらくその漢字名をふしぎそうに眺めていたが、やがて、「字は違うかもしれないけど、私が出迎えたのはあなたよ」と言いながら、メモ用紙を返してきた。私は少し笑った。

「じゃあ君は、どうしてササキテツオを待っていた？……君が僕を待っているはずがないんだ。いや、君だけじゃなく誰一人、僕をこの町で待っていることはできなかった。

今日の午過《ひる》ぎまで、僕はソウルに来るつもりはなかったし、誰にもソウル行きのことは告げずに、飛行機に乗ったんだから」

女は私の言葉を無視し、「あなたの理由は?」と訊いてきた。

「あなたがソウルに来た理由を聞かせて。私があなたを知っている理由なんてあまり重要じゃないわ」

確かにその方が私にとっても、大きな謎にちがいない。私はついさっき思いついたばかりの一つの答えを口にした。

「花見に来た。不意にムクゲの花を見たくなって……」

「……………」

「そんなに驚くことじゃない。桜の季節には日本にも海外から観光客がやってくるから」

女は脚を組み替え、それと同時に背すじや肩や、張りつめていた体の線が、ため息でもついたようにやわらいだ。

「日本でもムクゲはいっぱい咲いているでしょう?」

「ああ。でも……同じムクゲでも日本で見るのとこの国で見るのでは意味がちがう。たとえばチョゴリを日本で見ると、美しさより物珍しさが先に立つし、着物姿をこの国で見たら、奇異さの方が目立つと思う……この国の光や風土に溶けこんで初めて本当のきれいさがわかる花じゃないかと思ってね」

　女はふしぎそうに首をかしげた。かすかな動作だが、私への甘えのようなものが感じとれた。

　プライドの高そうな冷たい表情のために気づかなかったが、女には女なりの緊張があったようだ……ムクゲという言葉が、何かの冗談のようにその緊張から女を解き放ったのだ。そう感じた。

「ムクゲの花は日本の風景にだって、よくなじんでいるはずだわ」

「そう見えるだけだ」

　口に出してはそれだけしか答えなかったが、胸の中では言葉を続けた。一見そう見えるが、少なくとも私の目には、日本で見るその花には違和感がある……小さいが致命的なものになるミスのように、かすかだが決定的な距離を私はムクゲとまわりの空気に感じとってしまうのだ。この国でなら、何の違和感もなくただ自然な美しさで咲いている花を見ることができそうだった……。そう……それがこの国に来た理由だ。胸のすみで私は自分にそう言い聞かせていた。

「この国で本当に花を見たい？」

「ああ」

「だったら、私を抱けばいいわ」

女の目がベッドへと流れた。アイシャドウにラメでも混じっているのか、切れた目尻は火花にも似たきらめきを弾きだした。

「私の体の中には、うるさいほどムクゲの花が咲いているわ」

女は私の目を見つめ返した。眸《ひとみ》は金環食のようなリングとなって、私の視線を得体の知れない黒い穴の中にひきずりこもうとしている。その穴から覗きこめば、本当に女の体の奥底には真夏の花が熱く群がり咲いているかもしれない……そんな気さえした。だが、もちろん私はその体の中で花と出逢いたいとは思わなかった。

やはりこの女は売春のために、ここにいるのだった……自分という高価な商品を売りつけるために、空港で客を待ち、ソウルのホテルから客を探しだし、その客の部屋に来て、今、最終交渉に入った……。わからないのは何故、その客として『ササキテツオ』が選ばれたかだ。何故、どんな風にして……。だが、理由を考える必要はなかった。私にはこの女を抱く気は毛頭なかった。一人の男としてこの女のきらめくような肌の裏に潜む暗がりを暴いてみたいという欲望はあったが、それとこの国に来てこの国の女性を抱くこととはまったくの別問題だった。

女は一つのビジネスが成功するか、新たな緊張をはらんだ目で、私の返答を待っている。真剣すぎる目をはぐらかすために、私はわざと冗談っぽく声をたてて笑った。

「花のためだけじゃない。一番の目的は、昔別れた友達を探すことだ」

「友達?」

「そう。子供のころ親しくしていた韓国人の友達がいる……その友達がまだこの国で生きているかもしれないと思って」

女は、そんなことを言い出した客の気もちを測りかねたのか、とまどった様子で視線をゆらした。私は女を抱く意思はないことを知らせるため、背を向け、窓に寄った。

雲が月を隠し、夜の帳《とばり》は澱《おり》のように暗く濁って、ソウルに低く下りている。窓ガラスにはソファに坐った女の体も映っている。行きずりとも言える一人の女を通して眺める夜景のソウルは、二時間前よりよそよそしかった。

「友達とその花がセットになっている。友達の思い出が、そのまま花の思い出になっていて……」

嘘ではなかった。すでにイワモトは成熟した男だったが、あの当時の私が唯一、友達と呼べる存在だったのだから。

「真面目な旅なんだ。女性を抱いているような余裕はないから」

私はそうも言った。

それでも女が部屋を出ていかなければ、本当にホテルのスタッフを呼んで追いだしてもらうつもりだった。

女はやっと諦めてくれたのか、立ち上がった。だが、侮蔑に似た冷たい一瞥《いちべつ》を私に投げ、背を向け、ゆっくりとドアにむけて歩きだした時、意外にも私はその背を「一つだけ……」という言葉で呼びとめていた。

「一つだけ訊きたいことがある」

女はふり返った。

自分から呼びとめながら、私はすぐに口を開かなかった。いや、口は開けたが、声が出なかった。意味もなく笑いかけ、ずいぶん経ってから、

「初めて僕を見た時、君は僕を日本人だと思った?」

石のように硬い声を、無理やり口から押しだした。何十年ものあいだ、一度も口に出せずにいた質問は、体の奥底で錆びついてしまっていたのだ。

だが、ホテルの部屋で最初に見つめあった瞬間から、この女なら、一目で私が同類かそうでないかを感じとったにちがいない……私は頭のすみで、そう考え続けていた。

彼女はかすかに首を横にふった。

否定の返答だったのか、それとも私の質問が理解できないという意味だったのか。

「ササキテツオという名前とは関係なく、君は何か感じなかったか……僕が本当に日本人かどうか……」

女は無言のまま、ただひたすら私の顔を見つめている。その目が『答える必要があるの? あなたが韓国人だということは、その顔に書いてあるのに』と言っていた……。

私は顔をそむけるために、窓へと視線を戻した。雲がとぎれ、月の光が夜の町に青い照明を投げかけているように見えた。私は腕時計を見た……この日、午後十時二十三分、ソウルの夜空は、東京の夜空とは違い、絹織物のような青い光沢をもっていた。そんな夜空の下で、湖底に沈んだ宝石の屑のように、町の灯はこの国独自の色できらめいている……私の顔はそんなソウルの夜景に二重写しになっていて、ムクゲの花と同じように、東京の夜空より、このソウルの夜空の方が似合っているように思えた。

＊

ムクゲの花について、二年前、平成十三年の『オール讀物』五月号に、僕は次のようなエッセイを載せている。

○

小学校にあがる前のことだから、半世紀も昔の話になる。

Tという遊び友達がいた。

名古屋市内とはいえ、街路から少しはずれたあたりには田んぼや小川があって、おたまじゃくしを掬い、トンボを追いかけ、唱歌や童謡の世界がまだ残っていた。終戦後のベビーブームのせいで、僕は幼稚園の定員数からあぶれ、両親のいないTも預けられていた親戚の家からはみだして、一人だった。

二人とも他に遊び相手がいなかったので何となく一緒にいただけのことだが、それでも一年近く過ぎたころ、何日も見かけない日が続くと、さすがに気になった。Tの家まで行って、路地の角から覗いていると、おばさんらしい女が見咎めるようにこちらを見て、Tなら赤痢で死んだと言った。ひどく素っ気ない言い方だった。

その後、夕暮れの道を小川まで走っている自分の姿が記憶にあるのだが、これは何か他の時のことと混同しているのか、それとも五十年のあいだに記憶をドラマチックに仕立ててしまったのだろう。

Tの死にはもう一つ美化していることがあって、この時のおばさんがなぜかチョゴリの華やかな盛装をしているのだ。中年女の化粧っ気のない顔やTの死があまりにモノトーンで小さいから、いつの間にか記憶に派手な塗り絵を施しているのである。

Tは韓国人だった。

現実にはTの死はそれほど大きな衝撃ではなかった。赤痢での死は珍しくなかったし、小学校に入り友達ができるまでの通り一遍の遊び相手だということも子供心にわかっていた。Tの死を告げた際のおばさんの声が素っ気なかったのを、日本語が下手で硬かったせいではないかと考えることもあったが、何よりこちらの聞きかたが素っ気なかったのだろう。

三十年が過ぎ、ソウルオリンピックの二年前に韓国を訪れるまで、僕はこの話をほとんど思い出すこともなかった。

平凡な観光旅行での思い出は二つある。

一つはムクゲの花だ。八月で、慶州のあたりは光と花がともに盛りをむかえていた。日本でもよく見かける花なのにそれまで何となく無視していたのは、源氏物語に出てくるような物語や和歌の似合う花が好きで、真夏の花にはうまく物語が読みとれなかったからだ。夏の主役は太陽で、花は平凡な脇役だ……そう思っていた。

だが、韓国では違う。

韓国の国花だということは後になって知ったが、空の青さも樹々の緑もどことなく日本より濃く感じられる中で、ムクゲの花はこの国の勲章のように鮮やかに、誇らしげに咲いていた。クレープ状のシルク生地を連想させるものがあり、チョゴリという民族衣装は盛りの時季のこの花から生まれたものではないかとさえ思えた……。

桜は『日本で見てこそ』だが、同じようにムクゲも韓国ではたくさんの人々の思い出や物語を秘めた花であった。そして韓国の光と空気を得て本物の生命をもったように活き活きと咲いている花を見ながら、僕はふっと『Tは本当に死んだのだろうか』と考えた。

あくまで『ふっと』である。

何の根拠もない。だが、よく考えてみると、Tの死にも確かな証拠はないのだ。ミステリー風に言えば、おばさんの証言があるだけだ……それも一言だけの。あのおばさんは、Tばかりでなく僕のことまで嫌っている様子だったから、あんな嘘をついたのではないか。Tはよく『韓国にいけば別の親戚がいる』と言っていたし、何らかの事情で韓国に帰ったか、どこかよそへ預けられたのかもしれない。

ムクゲと同じでTの思い出話も韓国という土地を得て生き返ったかのようだった。Tの少し鼻の悪そうな声までもはっきりと思いだし、僕は三十年が経ち初めてそう考えてみた。

もっともすぐに『まさか』と考え直した。旅情も手伝って、うすっぺらな記憶にムクゲの花の色を分厚く塗りたくっただけなのだ。

仏国寺という古刹からホテルに戻る田舎道の途中のことで、ムクゲの花をかすかに揺らしながら、夏の風が吹いていた。その風のように頭の隅っこを通りぬけただけの考えだったが、結局僕は、ムクゲの花とTの生きている可能性の二つを日本への……というより後半生への土産物にしてしまった。

本当に小さな話だが、三十八歳という年齢だったせいか、人生の折り返し地点に何かの道標のようにこの花木が細く根をおろした……そんな印象がある。

その後は日本で見るムクゲも大好きになり、夏になるとスーパーに行くのに遠回りをして、この花の咲く家の前を通ってみる。その年の花の良し悪しで、Tが生きていると思えることもあれば、ただの考えすぎとしか思えなかったり、時にはTのことなど忘れて今年の花はきれいだなあとぼんやり見とれたりする。

〇

花に関するエッセイを頼まれ、他の作家の方たちと共に『オール讀物』五月号に発表したのだが、このエッセイには小文にふさわしい小さな『その後』がある。

発表後三ヶ月が過ぎて、老母の布団を干そうとしてベランダに上がり、僕はおやっと隣りの庭に目を止めた。わが家は建売のマッチ箱のような家だが、裏庭が隣りの裏庭とブロック塀で背中合わせになっている。その塀をまたぐ格好で枝を伸ばし、葉を生い繁らせた一本の樹にピンクの花がいくつもついている。

これまで気づかずにいたのは、老母のガラクタを押し込んだ物置が裏庭を占領し、その陰になっていたためと、これまでは花が咲いているのを見たことがなかったからだろう。

母にたずねると、

「それなら、ウチの方から隣りに伸びているんだよ。私が何年か前に買ってきて植えたんだ……うまく育たないかと思ったが、そうか、花を咲かせたか。どんな花だ」

と言う。

母は、それがムクゲだということも知らず、三ヶ月前に息子がその花に関する思い出話をエッセイに書いたことも知らず、たった五百円で買ってきた苗木が花を咲かせるほど育ったことに、ちょっと得意げな笑顔を見せた。

もちろん息子の方が驚きは大きかった。わざわざ遠回りして眺めにいっていた花がわが陋屋《ろうおく》にも咲いていたのだから、童話『青い鳥』のラストシーンである。

庭に下り、狭い庭のそのまた狭い隅っこを選ぶように植わった樹を見ると、驚きは感傷に変わった。身寄りのなかったTが、いつの間にかわが家の隅っこに住みついて、野良犬のように、恐る恐る、だがどこか可愛がってもらえるかもしれないという期待も持ちながら、住人が気づいてくれるのを待っていた……そんな気がした。

一瞬の感傷にひたり、Tはやはり死んだのだろう、ただし唯一の友達だった僕がやっと思いだしたので、こういう花の形で戻ってきた……そう思った。花とは似つかわしくない、きたならしい、しょっちゅう鼻水をたらした子供だったが、四十年のうちに垢や汚れが洗い流され、Tの生命が花となってそこに小さく開いていた。

母のために一輪とってやろうと思ったのだが、その樹はもう僕の手の届かない高さにまで育っていた。雑誌に載っていた花の写真を見せながら、

「花が咲いたのは今年が初めて？」

と訊くと、

「ああ。去年はまだ咲かなかったはずだ」

と答える。

あの拙文が供養となって、小さな思い出が花開いた……そんな風に考えてしまうと、思い出を美化しすぎたようでいやらしくなるのだが、かすかな感傷の中でそう思った。

その後、母は毎日のように「昨日は花が三つ咲いた」「四つ咲いた」としばらく自慢げな声を出し続けた。

なぜ「昨日」の数かというと、九十を過ぎて腰の曲がった母は樹を見あげることができず、庭に落ちた花を数えながら拾っているからだ。ムクゲは、ハイビスカスと同じ仲間の花で、これは以前別のエッセイに書いたのだが、ハイビスカスは実に行儀のいい花である。一日大きく誇らしげに咲いた後、巻紙のように花を巻き閉じて、きれいに落ちてくれる。他の花のように散らばることなく、掃除が簡単だし、昨日いくつ咲いたかがわかりやすい。

あれから二年が過ぎ、

「昨日今日あたりが、この花も満開だねえ」

裏庭の隅を埋めつくした落花を拾い集めながら、母はもう数えるのもあきらめてそう言った。

＊

「ムクゲの花は一日しか咲かないことを知っている？　今日満開だった花は、夜になればみんな閉じて……明日はまた新しい花がいっぺんに開いて別の満開になる」

窓ガラスに映った女に向けて、私はそう言った。私の顔と同じように、彼女の顔もソウルの夜景と二重写しになっていた……。ガラスの中で目が合った。

女の無言の目は相変わらず、私の中の私自身にもよく見えないものを暴いていた。

「いや、つまらないことばかり言ってるな。忘れてくれていいから」

私は女の方をふり返り、目でドアを示した。もう出て行ってくれていいという意味だったが、逆に女は私に近寄ってきた。私は首をふり、

「君を抱くつもりは毛頭ない。本当に帰ってくれないか……妻に電話をかけないといけない時刻だし」

わざとらしく腕時計を見てそう言った。

女は私が何か面白いことでも言ったよう微笑し、電話機に近づき、自分の手で受話器をとり、「トウキョウの家の電話番号は？」と訊いてきた。

私はもう一度首をふり、女の手から受話器をとると、自分の指でボタンを押した。すぐにコールが始まり、妻の声が聞こえた。肉声ではなく、留守番電話に録音した声だった。

「このホテルの電話番号を教えてなかったから」

そう言い、番号だけを録音してすぐにも電話を切るつもりだった。だが、窓辺に立った女がふり向き、目があった瞬間、ふと気が変わった。

「それから、今、女性が一人この部屋にいるんだ。もしかしたら抱くことになるかもしれない」

気がつくと、そんなとんでもないことを、東京の留守電にむけて語りだしていた。同時に私は女に鋭い一瞥を投げた。私の視線に応えて、女の眸は黒く光った。二人は二メートルほど離れて、たがいの視線を奪いとるように激しく見つめ合った。受話器にむけて私はしゃべり続けた。

「さっき空港で素敵なこちらの女性と出会ったと言っただろう? 嘘じゃなかった……偶然、このホテルでまた出逢って……今この部屋にいる。抱くことになるかもしれないと言ったけど、正直に言うと、まだ迷っている。離婚には同意していないから、君は今この瞬間はまだ俺の妻だ……君がやめてくれと言うならやめる」

私はこの部屋にいる女の耳以上に、東京の妻の耳を意識していた。留守番電話だが、そばに妻の耳がある……妻はまちがいなく、今韓国から送られてきている夫の声を聞いている……。私は何故自分がこうも唐突に馬鹿げたことをしゃべりだしたのか、よくわからずにいたが、妻が聞いていることだけは……だからこそこんな風にしゃべっていることだけは、充分すぎるほどよくわかっていた。

「子供じみたことを言っていると思うかもしれないが、かなり真剣だ。君にまだ俺の妻だという気もちが残っていて……一晩だけの浮気でもやめてほしいと思うのなら、電話してくれればいい。もしそんな気もちが微塵もないなら、この録音された声を離婚の理由にすればいい。この声は不貞の証拠になるし、俺がどんなに拒んでも君は離婚できる」

さらに、「ちゃんとした証拠になるように彼女に何かしゃべってもらうよ」と言い、私は受話器を女の方にさしだした。

女は首をふった。日本人男の突然のやり方に、女の目は怒りをあらわにしている。だが、突然、強引にこの部屋に割りこんできたのは女の方だった……名前も名乗らず、素性も明かさず、強要と変わりない誘惑をしてきたのはこの女のほうだ……その仕返しでもするように今度は私の方が強引に出た。

電話機のコードが許す限り女に近づいた。後ずさりして壁に背中をあてた女を左腕で囲いこみ、右手の受話器を女の口もとへと押しつけた。

女は悲鳴のような声をあげ、力いっぱい私の体を押しもどし、部屋の中央まで逃げた。『ダメ』と日本語で言ったのか、それともハングルだったのか。

小声だったが、それでも東京まで届いたはずだった。東京の妻まで……妻の耳まで。留守電にこのとんでもない言葉を録音しはじめて、すぐに私は電話機のそばで妻がその声を聞いていることに気づいた。何の証拠もなかったが、私には目に見えるほどはっきりとそれがわかった。妻は今、壁によりかかり、横顔で電話機など無視するように宙を見つめながら、この声を聞いている……。

ソウルからの夫の声は、この国の言葉のように妻には一語も理解できないだろう。

私は最後に「じゃあ」とだけ言って電話を切った。受話器には女の香りがからみついている。さっき唇をかすめた際についた口紅の匂いだった。その女に似合ったモノトーンの、少し冷ややかな香りがした。

迷子のように自分の場所を失って半端に突っ立っている女に、

「悪かった。ただの冗談だ……君を抱く気はまったくない」

私はそう言い、財布から何枚かのウォン紙幣をとりだした。

「今の声の代金だ。少ないが、これで諦めて帰ってくれないか」

さしだされた紙幣を手で払いのけ、女は首をふった。

「さっきの私の言葉も冗談だから。私は体を売りにきたわけじゃないから」

先刻の誘惑などいっさい憶えがないという白紙にも似た無表情で、そんなことを言った。じゃあなぜここにいるんだ……。

私は疑問をそのまま口に出した。

女が黙っているので、「いったい君は誰なんだ」とも訊いた。女はもう一度首をふった。

「自分のことは何も話したくないの。何も訊かないなら、あなたが日本に帰るまで……手伝ってもいいわ」

女は「手伝ってもいいわ」と言う前に短くためらった。適当な言葉が見つからないというように。

「手伝ってもいいというのは、通訳とか観光案内役をしてもいいという意味？」

「そう。ムクゲがいっぱい咲いているところに連れていけるし……あなたが友達を探す手伝いだってできるわ。お金も要らない。それならいいでしょう」

私は首をふった。

「君の言葉は唐突すぎる……誰かもわからない女性にそう申し出られても、簡単にうなずくわけにはいかない」

「どうして？　私はどんな嘘だってつけるのに、嘘はいやだから何も話したくないと言ったのよ。本当はすごく芝居が巧いの……さっきまでの娼婦の芝居にあなたは簡単に騙されたでしょう？　他の嘘だって簡単よ。たとえばこれが航空会社のサービスで、搭乗者名簿の中からあなたが抽選で当たったというデタラメの嘘だって、信じこませる自信はあるから」

「じゃあ、その言葉が嘘じゃないという保証は？」

短い間だが、その女に関しては三つわかったことがある。頭がいいこと、勝気だということ、本人の言うとおり嘘が巧いこと……。私は、この女がやはり娼婦で、男に抱く気がまったくないとわかり別の攻略法に出てきただけだと、まだそんな風に疑ってもいた。

ただ、返答につまった女が本当に困ったような顔を返してきたので、気もちを変えた。どんな結果が待っていようとしばらくこの女を信じてみよう、そう思った。この女は突然、侵略でもするように私の中に闖入《ちんにゅう》してきたが、自分もまた侵入者なのだ。長い間、この国の存在すら認めずにいた自分が、突然、自分でも説明できない懐かしさに駆られて入りこんできたというのは、侵略と変わりない勝手すぎる行為なのだ……。私は女を慰めるように微笑した。

「それで、どういう風に友達の捜索を手伝ってくれるんだ。もしかしたらもう四十年前に日本で死んでるかもしれないというのに」

「まず、その友達とのことを詳しく話して……何という名前？」

「イワモトタツシ……」

私はメモ用紙をとると、『岩本達志』と書いて女に渡した。

「韓国名は？」

改めてソファに坐り、突っ立った私を女は真面目な目で見あげてきた。

「たぶんトンクン……」

そう答え、私はすぐに首をふった。

「いや……ツンクンか、テンクンか……Tの音だったとは思うんだが」

私は宙に指でTの字を書いた。

書きながら、私は長い歳月を一気に飛び越え、岩本の口からその名を聞いた時のことを思いだしていた。岩本とどこかへ遊びにいった帰り道だった。鉄工所の角まで来て、「ここからは一人で帰れるな」と言って背負っていた私をおろし、岩本は背を向けた。何かまだ言い忘れていたことでもあったのか、私はその背中を呼びとめ……岩本はふり返った。ふしぎそうな顔で近づいてくると、「なぜ、俺の本当の名前を知ってるんだ」と訊いた。

ふしぎなのは私の方だった。岩本がなぜそんなことを言い出したのかわからなかった。

きょとんとしている私に、

「トンクンと……今そう呼んだだろう？」

岩本はそう訊いてきたのだ。私は首をふった。私はただ岩本のことを父親と間違え、「父さん」と呼んだだけだったのだ。

「父さんと呼んだんだよ、今」

私はそう言った。何気なく……大した意味もなく。それなのに、次の瞬間、私のその言葉は、岩本の顔の変化とともに不意に大きな意味をもったのだ。岩本は私のすぐ前にしゃがみこんでいたので、夕闇の中でも私にはその顔の異常な変化がはっきりと見てとれた。私はよく岩本の顔は埴輪のような土の人形に似ていると思っていたのだが、本当に土でできていたかのようにその顔がゆっくりと崩れ出したのだった……それから四十年間、私の記憶に焼きついて残るほどはっきりと。

4

十年以上前、某食品メーカーからエッセイの注文をもらった。その食品メーカーが出しているPR誌に「忘れられない味」というページがあり、思い出に残る食べ物についてその思い出とともに原稿用紙四、五枚で書いてほしい、と電話で依頼された。

「食べられるものなら何でも構いません」

と言われ、頭のすみにポッンと泡のように浮びあがった言葉があり、

「トンボでもいいですか」

口に出してみた。

相手は絶句したが、もちろん昆虫のトンボではない。詳しい話は、書いたものを読んでくださいと答えて電話を切り……締切も近くなって原稿用紙に向かい、まずその思い出の主役であるTという韓国人の友達を紹介した後、次のような文章を書いた。

○

Tとはずいぶんいろいろな遊びをしたが、その中でも一番鮮烈に記憶に残っているのは、ガード下に新聞紙を敷き、その上に正座して頭を下げ続けていたことだろう。どこかから拾ってきた空っぽのパイナップル缶を前におき……つまりは、物乞いの真似をして遊んだのだ。いや、遊びと言っていいのか、当人たちはひどく真剣で、横浜まで行く旅費を必死に稼ごうとしていたのだ。

Tは物心つく前に両親を病気か事故で亡くし、おばさんの家に引き取られて育っていたのだが、よく、僕に向けて「両親は本当は生きていて、自分だけを残して国に帰ったんだ」と言っていた。僕は子供心に、Tの言葉が現実逃避の夢にすぎないとわかっていた。両親は実際に死んでしまっていて、何らかの奇跡が起って朝鮮に渡ることができたとしても、そこでもTは孤児のはずだと……。T自身にもわかっていたのかもしれない。「だから朝鮮に行けば、ぼくは一人じゃない」という口癖は、二人だけの時でも、内緒話のように口を僕の耳に寄せ、小声で語られたのだ。

僕はTと仲良くしながらも、Tの顎と下唇の境目が何かの傷でひきつったようになっていて、膿んだまま固まったようなその黒紫の生々しい跡が怖くて、話のたびに、傷跡が自分の首すじに触れないか心配していたから、Tの声にひそんだものを敏感に感じとることができたのだ。その話は誰より、T自身が自分をだますためについた嘘のように、僕の耳には聞こえていた。……それなのに、Tが「おばさんが腹を立てて、ご飯も食べさせてくれない。朝鮮に行きたいけれど、一人では心細いから横浜の港まで一緒に行ってくれないか」と言った時、僕は大きくうなずいた。

僕の方はちゃんと両親がそろっていたが、あまりに過剰なものは無いに等しいというのは真理である。アル中で廃人同然だった父とその父を背負って馬車馬のように働いていた母……深夜、酒を飲むたびに警察が呼ばれるほどの大喧嘩をくり返していた両親は、存在感が強すぎて、子供の居場所がないのは、狭い我が家も、Tが身を寄せていた親類の家も同じだった。

二人でこっそりと、横浜に行く旅費をどうかせぐか、話し合った。

なぜ「横浜」かと言うと、まだ二人とも子供で、外国に渡る方法となると、「赤い靴」という童謡の「横浜の波止場から船に乗って、異人さんに連れられて……」というフレーズしか思い浮ばなかったのだ。だいたいその横浜がどこにあるのかもよくわからなかったが、名古屋駅のすぐ近くに住んでいたおかげで、ガードの上を通過する列車に乗りさえすれば、横浜港のすぐ近くまで行けるはずだという程度の知識はあった。

物乞いをするのが一番手っ取り早いと言ったのは僕の方だったのか。他のエッセイに書いたことがあるが、そのころ、僕はある傷痍軍人さんに頼まれて、神社の鳥居の前で軍人さんと二人、親子のように並んで頭をさげつづけたことがあったのだ。祭りの日だったせいか、アルミの弁当箱にみるみる小銭がたまるのを目の当たりにした。

Tはすぐにその話に乗り、夕方、日が暮れるまでのほんの二時間ほど、と決めてガード下に坐った。恥ずかしくてうつむいているだけでも、傍目には充分頭をさげているように映るはずだから、難しい芝居ではない。そんなことも傷痍軍人さんとの体験でわかっていた。それに僕の方はともかく、Tは実際に孤児だったし、両親の死は戦争と無関係とは思えなかったから、通行人を欺くという後ろめたさもなかった。

「ガード下と橋の上とどっちがいい？」

「僕は、やぶれたズボンがあるからそれをはこうか」

そんな風にいちいちTに相談し、最終決定権をTに与えることで、僕はずるがしこくも、自分の方から話をもちかけながら、ただ手伝いをしているだけといった印象をTに植えつけようとしたようだ。いざ、新聞紙の上に坐る段になって、僕が「やっぱり恥ずかしいなあ、こんなこと」と言うと、Tは自分の計画に無理に僕を誘ったように済まなそうな顔をした……Tの顔は、素焼きの土のような皮膚にこれ以上手の抜きようがないといった簡素さで目鼻が描きこまれ、どこか埴輪と似ていたが、泣きだしそうになったその顔が、実際土でできていたかのように崩れだした様を、昨日のことのようにはっきり思いだせる。

自分が通行人の目にどう映ったかはわからない。だが、しぼんだ鬼灯《ほおずき》の実を思わせる小ささでうずくまるように頭を下げていたTは、時代に押しつぶされた犠牲者そのものの印象で、いかにも憐れな感じがした。その後、Tが当時めずらしくなかった伝染病で死んだ際、その薄幸な運命が似合っているように僕に思えたのは、ガード下での憐れな姿を、（大げさな言い方かもしれないが）この国でのTの小さすぎた生そのものとして頭に焼きつけてしまったからだったのか。

手伝うどころか、僕は足を引っ張っただけだったようだ。Tの迫真の名演技（？）にもかかわらず、空き缶には隣り町にも行けないほどのバラ銭しか溜まらず、初日の一回だけであきらめ、結局、そのバラ銭で何か空腹の端っこでもごまかせそうなものを買って食べようということになった。僕はコロッケがいいと主張したのだが、Tは前々から食べてみたいものがあると言った。

あれは何という名前の菓子だったのか。今で言うパンケーキ状のものを焼き、屋台を引いて売り回っているおじさんがいた。小麦粉を溶いたものを線にしてしぼりだし、まず動物や花の絵を描く。それが茶色く焼けたところへ、また小麦粉を流し丸く焼くと、絵の浮きだしたパンケーキみたいなものができる……何の絵にするか、客がリクエストできることもあって、結構人気があり、僕も何度か買ったことがあったが、Tは普通の駄菓子よりも絵のぶん値が高いそれを、今まで買ったことがないという。

早速、屋台がいつも停められている小学校の正門近くに行った。

「何の絵にする?」

とおじさんに言われて、Tは長いこと困り顔で迷ったあげく、いいものを思いついたというように突然の大声で、

「トンボ」

と叫んだ。

間近で見るのは初めてだったのだろう、おじさんが一筆書きのようにさらさらっとトンボの絵を描くのを鉄板に目をこすりつけるようにして見守っていたTは、やがて紙に包まれて渡されても、すぐには口に運ばず、手品師が宙からとりだしでもしたもののようにふしぎそうに眺めつづけていた。……その後、どんな風に食べたのか、どんな感想をもらしたのかは記憶に残っていない。

大した味ではなかった。この小稿を書く前に、水で溶いた小麦粉に砂糖をまぜて焼いてみたが、よく似た味になった。

素朴な味に懐かしさはあったものの、思い出と呼べるだけの味ではなかった。あのころのことが鮮やかに見えてきたのは、むしろ、フライパンの上にトンボの絵を描いてみた時だ。小麦粉の液を金具の口からしぼりだして描くのは予想以上にむずかしく、トンボはとぎれとぎれになった。あの屋台のおじさんが名画家だったことが何十年ぶりかにわかったが、それでも下手なトンボの絵を通して、ガード下の闇の匂いやTの顔、忘れていたTの言葉までが、昨日のことのようによみがえってきた。

その日だったか、他の時だったか、Tが、

「トンボはいい。トンボになれたら、海を渡って韓国に行ける」

と幼いことを言ったことがあり、僕は笑って、「海を渡りたいのなら、鷹とか鷲とか、もっと大きな強いものになりたいと言えばいいのに。トンボじゃ死んじゃうよ」と、もっと子供っぽい反論をした。トンボの薄い羽ではTの夢を背負いきれないと子供心に考えたのだが、この想像は的中し、小さく弱かったTは間もなく海を渡ることなく死んだ。

Tの死を聞かされた時、なぜあんなことを言ったのかと後悔し、あの日あの屋台で自分のぶんまでTにトンボの絵を食べさせればよかったとも後悔し……しばらくはトンボを見るたびにTとのあのガード下での、ある意味ではものすごく楽しかった二時間を思いだした。

三十年後の夏、僕は初めて韓国に旅行したが、旅行の計画を立てながら、しきりにTのことを思いだし、出発当日、偶然にもその年初めての赤トンボを庭に見かけたので、(トンボがどこかへと飛び去るまでほんの数秒間ではあったが)このトンボを籠にでも入れて韓国へ連れて行く方法はないだろうかと、真面目に考えたりした。

Tはその友達のいかにも韓国人らしい名前の頭文字だが、あの屋台のおじさんが描いたシンプルな線を連想させることもあり、この小文を書きながら、自分でも何度かトンボのTのように錯覚することがあった。

ただし、こんな風に書きあげた段階で、これでは「忘れられない味」ではなく「忘れられない絵」の話になってしまったと思い、僕はこの原稿を自らボツにしている。新たに、もっとPR誌向きの楽しかった一皿の思い出話を書いて送り、殺風景な仕事場の、唯一の家具と言える小簞笥の奥に、捨てたも同然に眠らせておいた原稿は、十何年ぶりにとりだしてみると、文字までが埃くさく、古びていた。

＊

「下の名前はトンクンとして、苗字は？」

女はテーブルのすみにおかれたメモ用紙に視線を投げ、私にそう訊いてきた。メモ用紙には『岩本達志』という日本名と『T』の一字以外、何も書かれていない。女の目は名前ではなく、空白を見ていた。そんな目だった。何もとらえようとしない……と言っても、うつろなのではなく、空白のような何もないものを必死に見つめようとしている目だ。

私は首をふった。女は、

「韓国では同じ苗字の人が多いから、憶えていたとしてもあまり役に立たないかもしれない」

と言い、「だから、そんな困った顔をしないで思い出せることを何でも言って」と続けた。私の顔へと当てられた目は、だが、何も見ようとせず、一人の日本人の顔にも空白だけを必死にさがそうとしている……。

「年齢は？」

「………」

「あなたと同じくらい？」

もう一度首をふり、私は、「友達と言っても、二十歳近く年が離れていた……さっき、四十年前に死んだかもしれないと言ったけれど、その当時は二十七、八だったと思う」正直にそう言った。

「じゃあ、生きていれば六十七、八ね」

私はうなずき、イワモトに関して話せることだけを話した。当時、自分の家の裏にあった鉄工所に勤めていて、正確に言えば両親の友達だったこと、ただ友達のほとんどいなかった自分の友達がわりになってよく一緒に遊んでくれたこと……夏が過ぎ、秋になってしばらくその姿を見なくなったので、鉄工所の門から覗いていると、所長の奥さんが「イワモトなら赤痢で死んだ」と言ったこと……とりつく島もない素っ気ない言い方で、それ以上は何も訊けず、突然の死を半端な思いで受けいれなければならなかったこと……。

いや、結局、受け入れることができないまま今日まで来てしまった……胸の中だけでそうつぶやき、口に出して、「そのころちょうど近くの家で赤痢の患者が出て、鉄工所や家にも保健所から消毒に来ていたくらいだから……」そう言った。

「両親の友達だと言ったけど、両親からは聞かなかったの、赤痢で死んだ話を?」

私はうなずいた。無言だったが、顔色に私の気もちを読みとったらしい。

「何か事情があるのね、厭なことは話さなくてもいいわ……ただ、そのイワモトという友達を探す手がかりだけ教えてくれれば」

「いや、他に手がかりと言えるものは何もないんだ」

「じゃあ、この国まで来てどうやって探すつもりだったの」

私は首をふり、「探しに来たなんて言ったけど、ただ何となくこの国の空気にふれてみたかっただけだ。ムクゲの花のように、この国の本当の空気はこの国にしかないはずだから。花だけでなく風や月や蝶々やトンボや……」人も……と続けようとして声をとめた。

「どうかしたの?」

「いや、今、思いだしたけれど……友達はトンボをとるのが巧かった」

なんとかそう答えた。私が声をとめたのは、その瞬間、脳裏をトンボの影がよぎったからだが……そのまま記憶の遠い闇へと飛び去っていくその影を、私は目の前にいる女のことも忘れ、追いかけ始めた。

あの夏の一日だ。夏休みの宿題だった昆虫採集のために、イワモトと一緒に家の裏の神社に行った時……イワモトに手伝ってもらってセミや甲虫をとり、賽銭箱のふちに止まった銀ヤンマを見つけた時である。私が網をもってそっと近づこうとするのを、イワモトが手で制し、「俺がとってやる」声を出さずにほとんど唇の形だけでそう言った……網を渡そうとしたのだが、首をふって「要らない」と告げ、素手でトンボに近づいた。境内中が……かすかに羽をふるわせるトンボ以外のすべてが、静止した。静寂がセミの鳴き声を飲みこみ、光を凍りつかせた。そして次の瞬間、トンボへと伸ばしたイワモトの指は、魔法使いの杖か、手品師の棒になった。トンボはその指に吸い寄せられ、自分から指にからみついたのだ。イワモトはそのトンボと共に指を私の虫かごまで運び、驚いている私に、

「トンボは俺の仲間みたいなもんだから」

冗談ともつかぬ顔で言った。

記憶の濃密な闇が夏の光に薄まり、その光に見えないすじをひきながら、トンボとイワモトの指は番《つがい》のように絡み合って飛びつづけた……二匹のトンボが番って一つにつな

がり、風に流されていくのに似ていた。そして、それから間もなく、私はもう一度、それとそっくりの光景を目にしたのだった。

ひと月も過ぎ、終わりかけた夏が袋小路にぶつかり真夏以上の暑さをくすぶらせていたころだ。暮れかけた裏庭に飛んでいたのが、赤トンボだったから、秋になりかけていたのはまちがいない。私は、仕事が終わって訪ねてきたイワモトと二人、家の中で遊んでいた。母は銭湯から帰って手ぬぐいでも干していたのか、裏の縁側に立ち、もうすぐウチの人も帰ってくるから一緒にご飯を食べていったらとイワモトを誘っていた。そうして、「暑いわねえ、汗を流してきたばかりだというのに、もうふき出している」と言いながら、浴衣の胸もとをパタパタさせて風を送りこんでいた。その母が、「あっ」と叫び、体を大きくゆがめた。

母は断続的に呻き声を発しながら、奇妙な格好に体をくねらせ、「ねえ、ちょっと……」とイワモトに助けを求めた。裏庭に飛んでいた赤トンボが、風と一緒に浴衣の中に飛びこみ、出口を失ったのだ……既に母には、イワモトが神社でいかに巧みにトンボを生け捕りにしたかを話してあったので、母はとっさにその手を借りようとしたのだろう。

トンボは背中に回ったらしい。

背をかくように腕をまわし、母はしきりにイワモトの名を呼んだ。イワモトは苦笑いしながら母に近づき、大きく抜いた後襟から手を突っこんだ。鉄屑がしみついて影を帯びたように見える手……。母は「乱暴にしないで。殺さずに生け捕りにして……哲郎がまた標本にしたいだろうから」そんなことを言い、少し離れて坐っていた私を見て「ねえ」と同意を求めた。

浴衣はちょうど蚊帳《かや》のように、母の体とトンボ、それからイワモトの手を閉じこめたのである。トンボは、イワモトの手を逃れて、母の全身を這うように逃げ回り……イワモトの手は一、二度、浴衣のすそを割り、母の腿のあたりの闇までまさぐったように見えた。「何だ、まだ捕まえられないのかい」母がそんな不満そうな声をあげたような気がするが、それは後になって記憶に書きこんだ言葉かもしれない。不満そうでありながら、その実、男の不器用な手の動きのすべてを許している声……いや、むしろその不器用さを楽しんでいる声。

トンボと自分は仲間だと言ったイワモトの声が耳に残っていたせいか、私にはむしろ、イワモトの手はわざと不器用さを装い、トンボと鬼ごっこのようななれあいの遊びをしているだけのように見えた……いや、トンボではなく母と遊んでいたのだ。母の体と……。

もっとも時間にしてほんの一分足らずのことだった。虫かごを用意して今か今かと待っていた私は、イワモトがトンボを捕まえると同時に、標本がまたひとつ増えることに夢中になり、すぐに今自分が見たものなど忘れてしまった。その程度の小景だったのだが、ふしぎなことに、その小景は日が経てば経つほど、逆に細部のあれこれがはっきりと見えてきて、私の中での意味は重くなっていった。素肌で感じとるトンボの感触が気味悪かったのだろう、母は呻き声を発し、痛みに襲われたかのように体をゆがめ、何度も全身を波打たせたが、そのどこかに破れ目というかほころびがあって、母の体が奇妙にやわらかく笑っている……やがては母の体があげていた笑い声までが聞こえてくるようになった。そしてその笑い声の裏にひそんでいたどす黒い何か……当時まだ『罪』という言葉をよく理解できずにいた私には闇のような黒い『何か』としか感じとれなかったものが、標本のひからびた赤トンボの中で、日に日に濃密な黒い生命を得て息づいていくように思えた。

あの夕方、もつれあった二つの体を包んでいたのは、午後の終わりを告げる暗い光だったのか、夜の始まりを告げる薄闇だったのか。風に似た夕もやの揺らぎの中で、母とイワモトの体が番のトンボとなって一つに交わりながら、どこまでも流されていく……私は、古い、色あせた版画絵本の一ページのように、その小景を記憶に刷りこみ、残した。

少なくともその後しばらくして、母から妊娠したと聞かされた時、私は母の体に宿った新しい生命が、あの夕刻、二匹のトンボが交わりあった結果なのだと……交尾にも似た束の間のたわむれ合いの結晶なのだと感じとった。交尾という言葉もよく理解していない年齢ではあったが、それでも私はあの二人が、番のトンボと同じことをしていて、それが母の体に小さな生命として実ってしまったと感じとったのだった。

たわむれながら、「ねえ」と余裕たっぷりに私に同意を求めてきた母の顔に、夕暮れの路地でイワモトが見せた顔……私が間違えて「父さん」と呼びかけた際の驚愕に崩れた顔が重なり、私は、この自分もまた二匹のトンボの戯れの結晶として、この世に生を得たのかもしれないと考えた。考えたというより、七歳の子供の、本能にも似た動物的直感で感じとった……漠然とだが、私は母が結婚前、郷里の彦根ですでにイワモトのことを知っていたような気がしてならなかったのだ。

あの年の夏の初め、裏庭のトタン塀ごしに母とイワモトとは初めて出会ったのではなく、何年ぶりかに再会しただけだったのではないか……そんな気がしてならなかった。

そしてそれは、その当時からすでに私が、自分のまだ小さな体に一本の境界線があるのではないかと疑っていたことを意味している……そしてまた、その一本の線が、秋になって別々に聞くことになった二つの死を一つにつなげたのだった。

夕暮れの路地での驚愕の顔は、私が見たイワモトの最後の顔だった。その後、不意に見かけなくなり、母に訊くと、「よその工場が人手不足だというから、手伝いに行ったのよ。心配しなくてもそのうち戻ってきてまた一緒に遊んでくれるわ」そんな返事が返ってきた。だが、イワモトが帰ってくるような気配などいっさいないまま、今度は母がいなくなったのだ。ある日、学校から帰ると家の中に母の姿が見当たらず、夜勤に出かける前の父から、「母さんは悪阻《つわり》がひどいので、赤ん坊が生まれるまで、彦根で養生することになった」と聞かされた。父は子供心にも少し無理だとわかる大げさな笑顔を作って、「心配しなくてもいい。来年の春にはお前の弟か妹を連れて、前よりもっと元気になって帰ってくるから」とも言った。

それと前後して、私は鉄工所の奥さんから、突然すぎるイワモトの死を聞かされ……その死が信じられないまま、年の瀬も迫って、私はそれよりもっと信じられない母の死を……彦根の実家で養生しているはずの母がなぜか伊豆の鉄道事故で死んだという話を、やはり父の口から知らされたのだった。

「あなたの友達が、赤痢で死んだのではなくて、本当はこの国に帰った……そう考えるだけの、何か証拠みたいなものはあるの?」

目の前の女と上の空で意味もない会話を交わしながら、四十年前の二つの顔を追いつづけていた私は、その質問で我に返った。

女はまた私の顔を、空白しか見ようとしない白い、冷たい目で見ていた。

私は首をふった。質問を否定したのではなく、その女の視線を否定したかった。

これまでも会話のあいだに何度か首をふったが、それも女が自分を見つめてくる目を否定したかったのだ……四十年前の夕方を不意に思いだしたのは、トンボという語からの連想というより、何より、女の顔が、あの夕方の母の顔にそっくりだったからだ……赤トンボを口実にして男の手に自分の体をまさぐらせながら、身をよじるついでのように子供の私をふりむき、「ねえ」と言った母の顔……自分の子供が邪魔だと言うように、その顔のすべてを無視し、ただ空白しか見ようとしなかった母の目……。

「本当にないの？」

念を押すようにもう一度たずねてきた女に、「いや、ないことはない」と答えた。

ちょっと迷った末に、「イワモトは私と父の友達だったが、母とは友達以上の関係で、母が妊娠したとわかって、この国に母と一緒に逃げてきた……父から、母は旅先の事故で死んだと聞かされたが、それも嘘だと思う」と四十年前、一つの家族に起った出来事をそれだけの言葉で説明し、続けてそんな風に考えるようになった根拠を話そうとして、ふと私は言葉を切った。

本当にたったそれだけの、文字にしてもほんの数行にしかならないことだったのだ。その後の私の人生を一本の線で分割し、そのどちらもが自分ではないような、空白でしかないようなさびしいものに変えてしまった出来事は、たったそれだけの言葉で説明できることだったのだ……私は四十年が経ってやっとそのことに気づいた自分が、落とし穴にでも落ちたように愚かしく、恥ずかしい気がした。

「どうかした?」

「いや……証拠といっても確かじゃないが、二年ほどして、父が母の実家にかけた電話を盗み聞きしたから」

父はその電話で、「イワモトから手紙が届いた……封筒は日本語で私の名前が書いてあるが、なぜか、便箋は韓国語で書いてあるので、よくわからないが、どうも韓国にいるらしい」そんなことを言っていたのだ……。

「その手紙は見た?」

「いや……十年前、父が死んだ後、遺品をさがしてみたけれど」

首をふり、その後に「ただ……」と言った。

「ただ?」

「妻が父親から受けとって、今もまだ持っているかもしれない」

「…………」

「父親は死ぬ前一年くらい寝たきりになっていて、妻が介護していたから……息子の私には話せなかった本当のことを、父親は嫁にだけは話して、それを懺悔の代わりにして死んでいったのかもしれない……」

結婚前も結婚後も、自分が子供のころから抱きつづけてきた疑惑について、妻の一美には何も話していないが、母の話を避ける様子は、一美にも自然に伝わったのだろう。一美は一美で、私を産んだ一人の女に興味を抱いていたようである。

父は私が中学に入った年に再婚している。新しい母、一美には姑にあたるその女性がガンで他界した後、寝たきりになった舅の世話をしながら、その口から一美は、私の生母のことを少しずつ聞きだしたのではないか……。

「それに父が死んだあと、妻の小物が入っている引き出しのすみに、それらしい古い手紙を見たことがある……中は改めなかったが、封筒の宛名は父になっていた」

女は数秒黙って私を見つめた後、立ち上がり、電話機をとって私の前においた。

私に電話をかけさせたいのだ。

「どこへ?」

そう尋ねたが、答えはわかっていた。

女は直接答えず、

「さっき電話で言ったことも打ち消してほしいから……浮気なんて嘘だって」

とだけ言った。

迷った末に私が電話に手を伸ばすと、「洗面台を借りるわ。化粧を直したいから」と言い、バッグをもって浴室に姿を消した。

すぐに響いてきた水音を聞きながら、私は東京に電話をかけた。何回かのコールの後、今度は直接妻が出た。

「何度も悪いが、一つだけ訊きたいことがあって」

と断り、単刀直入に、「君は親父から、死ぬ前に俺や俺の生みの親のことで何か重要なことを聞いていないか」と訊いた。

短い沈黙の後、

「どうしてそんなことを訊くの」

妻はそう訊きかえして来た。

「何となくそんな気がしていたから……父の介護をしている時に父から何か聞いたかもしれないと……」

「たとえばどんなこと?」

「伊豆で死んだことになっている母親が本当は生きていたとか……」

「…………」

「本当は生きていて、韓国人の男とこの国に逃げたとか……」

何秒も続いた沈黙を、やがてため息が破り、「やっぱり気づいていたのね。私の方でもそんな気がしてたから……それなら、私からもはっきり訊くけど、この韓国行きもそのため?」と妻は言った。

遠まわしの言い方だが、その言葉は私の四十年間の疑惑に一つの確かな解答を与えてきた……突然、自分の人生にケリがついた。そんな気さえした。やはり母は死んではいなかった……生きてイワモトと共にこの国に渡り、今もまだ生きているかもしれない。

その可能性があることはわかっていたのに、覚悟のようなものもあったはずなのに、いざそれが現実になってみると、不意に私は恐ろしくなった。それでもまだ冷静だと思っていたが、受話器を握る手が、かすかだが勝手にふるえた。

受話器を左手に持ち替え、右手のかすかなふるえを何かの動作でごまかすために、ベッドの端に坐りなおすと、私は放りだしてあったアタッシュケースを開け、意味もなく中身をとりだした。いや、とりだそうとしただけだ……ケースを開けた瞬間、何かが飛び出し、私は思わず「あっ」と叫んでいた。そんな気がしただけなのかもしれない……ほんの一瞬のことで、周囲を見回しても、何も見つからなかったから。

前と何一つ変わっているものはない。いや、一つだけある……私の目は、窓辺に立ててあるスタンドの白いシェードに、一瞬前まではなかった模様を見つけた。おぼろげにレース編みのような模様が浮び、かすかに波打っている……トンボの羽だ。

スタンドの電球近くにとまったトンボの羽が、影絵のように大きく絹張りのシェードに映しだされている。

5

「そうかもしれない……自分でも、なぜ今ソウルにいるのかわからずにいたけれど。もっと早く君に訊けばよかった。君は俺が知らない俺のことも知っているんだから……俺は君に離婚を決意させるほど、嫌な男だということを、さっきまで知らなかったし」

「…………」

笹木の声にまじった皮肉な響きは、国際電話でも確実に東京の妻に伝わったようだ。敏感に感じとっただけに冷たく無視し、妻は、

「私がお義父さんから聞いたのは、あなたの生みの親に当たる女性が本当は生きていて、イワモトという男の人と駆け落ちのようなことをした話だけだわ」

と用件だけを答えた。

「どこへ逃げたかも聞かなかった……ただ、その話の際、お義父さんから預かった手紙があるわ。イワモトという人が逃げた後、お義父さんに送ってきた手紙……たぶん韓国から」

「たぶん?」

「日本語は封筒の宛先とお義父さんの名前、それから裏の『岩本』という名前だけで……裏に差出人の住所らしいものも書かれているけれど、ハングルだから」

「手紙の内容は?」

「便箋には、日本語は一字もないの」

「全部、ハングル」

「ええ。お義父さんにも読めなかったみたい……何が書いてあるのかわからないまま、死ぬ直前まで持っていたのよ。お義父さん、自分の遺言や遺書の代わりにあの手紙を遺したのよ。だから、本当はあなたに渡すべきだったのかもしれないけど……お義父さんがあなたではなく、私に渡した理由を考えて、ずいぶんと悩んだのよ。お義父さんは、あなたに事実を教えておきたいという気もちと、やっぱり何も知らせない方がいいという気もちと両方あったのよ。それで私に託したんだわ」

「………」

「そう言えば、お義父さんも同じことを言ったわ。哲郎のことは、自分より一美さんの方がよくわかってるだろうからって……父親の自分より……もしかしたら哲郎自身より、って、そんなことも言ったわ」

「それで……君はどうしてその手紙を俺に渡さなかった……どうして、俺には何も知らせない方がいいと考えた」

「……三十何年も経っていたのよ。お母さんももう死んでいるかもしれないし、それだと『三十何年前に本当は生きていた』なんて今さらわかっても仕方がないと思ったから」

「…………」

「驚いたの？」

「いや……」

「でも、かなりショックだったような声だわ」

彼はちょっと笑った。

「そうだな、君の言うとおり、俺は驚いてるんだろう。四十年ぶりに母さんが生きているかもしれないとわかって……」

確かに妻の一美は彼のすべてを見抜いているのだった。ただ、笹木が驚き、声を失ったのは、父が言った「母さんは伊豆の鉄道事故で死んだ」という言葉が嘘だと四十年ぶりにわかったからではなかった。彼は少し離れたシェードに映っている影に、視線だけでなく、気もちのほとんどを奪われていたのだ。

トンボの羽がかすかにふるえているのだろう、レース模様のような影は美しい波紋をシェードに広げる……。

「今からファクシミリで封筒と便箋をそちらに送る。ホテルのファックス番号を教えて」

すぐにホテルの案内書で調べた番号を妻に教えた。

「じゃあ」

とだけ言って、電話を切ろうとした妻に、「いや、送ってもらっても俺にもハングルは読めない」彼は食い下がるように言った。

「読めないんじゃなくて、読みたくないんじゃない？　お義父さんみたいに……。ともかく送るから、読むか読まないかはあなたが決めて。薄っぺらな紙なのに、この何年間か、それなりに荷物として背負ってしまってたのよ。離婚届の用紙みたいにね。私には、どっちの紙をあなたに先に渡したらいいかわからなくて……それがきっと離婚の決心が遅れた理由だわ。このハングルで書かれた手紙が離婚の原因だと思われそうで……」

電話の声は短くとぎれ、「それに読みたければ誰か日本語がわかる韓国の人に読んでもらえばいいわ」付け足しのような素っ気ない声になった。

「そういう女性が今、部屋に……すぐそばにいるんでしょう？　留守電、聞いたわ」

「わかってるんだろう……俺が留守電に入れたようなことを本当にする男かどうか」

「いいえ、あなたは私があなたのことをよく理解していると思いたがってるようだけど、何もわかっていないし、わかりたいとも思っていないわ」

「…………」

「そう、それが離婚の理由ね」

妻は笑い、「いやだわ、私も今やっと気づいた……あなたと別れたかった理由」乾いた笑い声にそんな言葉がねじこまれるようにまじった。

「封筒も便箋も落葉みたいな色になっていて、字が巧く出ないかもしれないけど」

電話は切られ、笹木が受話器をおくのを待っていたように、浴室のドアが開いた。女は長い髪を後ろに束ね、化粧を直したようだ……口紅の色が薄くなり、顔が少し地味になっている。

笹木は彼女に、ハングルで書かれた手紙がファクシミリで届くから、それを読んで、日本語に訳してほしいと頼んだ。彼女はとまどいを見せたものの、すぐに、「キーを貸して。フロントに行って、届いたらもらってくるから」と言い、部屋のキーをもって出ていった。

それにしても何という一日だろう……いや、昼休みに会社を出てから、まだ半日が経っていない。それなのに、今、韓国にいて、四十年間背負い続けてきた大きな疑問にやっと答えの一つが出されようとしている……だが、笹木はそれほど驚いてはいなかったし、奇跡と呼びたいほどの運命のやり方に、特別感嘆していたわけでもない。彼が国境を越えたということは、これまで堰き止めておいた人生の川……その堰を彼が自らの手で切ったという意味だった。これまで四十年、彼がどんなに無視しようとも、重く溜まっていった一つの過去が、突如、堰を切って溢れだしただけなのだ。

最初から……四十年前から疑問などなかった。父の言葉が嘘だということはわかっていた。ただ、それを事実だと認めるのが嫌で、あたかも自分の出生が謎につつまれているかのように考えていただけだ……その事実を疑問形にとどめておくのは、幼い彼にとって一つの大きな救いだったから……。母が父以外の男と関係をもち、子供の自分を棄てたということが、紛れもない事実として壁のように眼前に立ちはだかっていたら、彼の人生はそこから一歩も先には進めなかっただろう。だが、最初からわかっていたのだ……あの一つの過去がどうしようもない事実だということは。それを四十年が過ぎ、やっと今日、認める気になっただけだ。今日、起ったのはたったそれだけのことだったのだ。

この一見ふしぎそうな一日に、強いて本当にふしぎなものを見つけるなら、今もまだシェードに美しい網目模様を浮びあがらせている一匹のトンボだけだ。

笹木はベッドの上に開いたまま放ってあったアタッシュケースを調べてみた。閉めてみたが、どこにも空気が入りそうなすきまはない……それとも、彼の目には見えないだけで、この完全な密閉を誇る金属製の箱にも、かすかなすきまがあるのか。

書類と共に、彼の今の人生を閉じこめた黒い箱を、彼はしげしげと眺めた。今の人生だけではない……四十年前の一つの過去を完璧に閉じ込めておいたはずの箱にも、すきまがあり、あの暗い一つの過去は生々しく呼吸しながら、今日まで生きながらえてきたのだ……彼があの過去と共にしっかりとこの箱の中に隠し閉ざしておいたはずの血……この国の人間としての血。

今朝、東京の自宅で書類を点検し、ケースを閉めてから会社でも一度も開けなかった……飛行機の中でも、一度も。さっき開けたのが初めてだったから、トンボは今朝自宅の庭に飛び交っていたものが紛れこんだらしいのだが、笹木にはそれが、四十年前のあの夕暮れ時から、飛んできたもののような気がしてならなかった。日没後の残光にも似た光のしずくを集めた中で、あの時の母の肌にもトンボの羽はこんな美しい絵のような影を落としていたのだろうか……女の肌に似た白い絹張りのシェード、そして黒糸で編んだような影の模様。

彼の過去のさまざまが、細い糸となって綾なされ、そこに神秘的な絵を描きあげているのだ……。四十年前の時点では母も岩本も生きていたことがはっきりしたが、依然彼の過去は謎に包まれている……トンボの羽の模様はそんな、彼の過去を覆う美しいヴェールに似ていた。そしてそれは、この日、運命が彼に仕掛けた一番大きな……もしかしたら唯一の偶然だったのかもしれない。笹木はその奇跡のような影に目を奪われたまま、テーブル脇の椅子に腰をおろそうとした。

その瞬間、テーブルの端におかれていたバッグに体をぶつけた。バッグは床に落ちた。あの女のバッグだ……彼女は「トウキョウからファックスが届く」と聞くと、変にとまどい、狼狽し、すぐにフロントへ行った。バッグをもっていかなかったことにも、彼女の奇妙な慌て方が感じとれた。しかし何故？……その答えがバッグの中にひそんでいるかもしれない。彼は床のバッグへと手を伸ばした。

それでももし、床に落ちた衝撃でバッグの口が開いていなかったら、中身を改めようなどとは考えなかっただろう。バッグを拾いあげ、留め金をきちんとはめてやろうとして……逆に彼はバッグの口を開いていた。中を漁る必要はなかった。すぐにパスポートが見つかった。

パスポートを開く前に、彼にはもう、何故彼女が「ハングルの手紙を読んでほしい」と頼まれ、変に慌てたか、その理由がわかっていた。パスポートは、彼のそれと同じ日本国発行のものだったのだから……。あの女は日本人だったのだ。たぶん、ハングルなどあまり読むことのできない……。

パスポートを開くと、彼女の写真があった。

すぐ横に漢字のサインがある……彼女にいだいていた、無謀で大胆で気の強そうな印象からは程遠い、線がデリケートにからみあった、どこか臆病そうな字で。パスポートにはさまれたチケットのようなもの（よく見てみると確かにそれはチケットだったのだが）を手にしながらぼんやり考え事をしていた時、ドアのチャイムが鳴った。

出ていって既に十五分近く経っている。落ち着いた手で、パスポートとチケットをバッグに戻し、ドアを開けると、想像どおり女はファックスらしい用紙を手にして立っていた。

用紙を彼に渡し、「バッグをとって。私はこのまま帰るから」と言った。笹木は動作で中に入るよう示したが、彼女は首をふった。部屋の中には一歩も足を踏みこみたくないといった頑なさが、冷たい無表情に感じとれた。渡された用紙は、ほとんどハングルで埋まっている……「君がいてくれないと、何が書かれているか、僕にはわからない」と言うと、

「手紙の内容が知りたければ、フロントの日本人スタッフに訊いて。あくまで知りたければだけど」

と答え、彼がテーブルの上からとってきたバッグを受けとると同時に、自分の手でドアを閉めた。

足音はすぐに遠ざかった。彼には二度と会うこともないと言っているような確固たる足どりだったが、一時間後、ちょうど零時に電話が鳴った。

「まだ起きていました?」

と訊き、「本当にあなたが昔の友達を探したいのなら、明日、午前十一時にソウル駅

に来て」と言った。

「どうして？」

「プサンに行きます」

「どうしてプサンへ……」

「渡した手紙を、まだホテルの人に訳してもらっていないんですか」

そう訊いてきた。

「ああ、まだだ。封筒の裏に住所らしいものがあるが、それがプサン？」

彼は手にした用紙に視線を戻しながら、そう訊いた。

「ええ。だからホテルをチェックアウトしてソウル駅に来てください」

彼女は駅の待ち合わせ場所を詳細に指示すると、ほとんど一方的に電話を切った。彼が最後に言った「わかった」という言葉さえ聞いたかどうか……。笹木はため息をついて受話器をおき、またソファに坐りなおし、ファックスの用紙を見た。この一時間、彼がしたことは、その用紙に並んだ記号のような文字を見つめることだけだった。渡されたファックスは二枚あり、一枚には便箋がプリントされ、もう一枚はその便箋の入っていた封筒の裏らしい……何文字かのハングルの下に、あの名前が漢字で書かれていた……『岩本』とだけ。

便箋の方には百字近いハングルがあり、その一字すら読めなかったが、彼、笹木哲郎には『岩本』という漢字の二字は、それ以上に理解を超えた謎の国の文字のように思えた。

フロントに行き、日本人スタッフを見つければ簡単にその手紙の意味はわかるだろう。四十年近く前、彼の歳の離れた友人が何を日本に知らせようとしたのか……。

さっきあの韓国人を装った日本女性がフロントでそうしたように。だが、彼は敢えてそうせず、読めるはずのないその文字を何とか自分の力で読もうとしたのだ……たぶん、合否通知を受けとった受験生のように、すぐに結果を見るのが怖かったのだろう。実際それは、彼の人生の合否を決定するだけの何か重要な言葉を記した通知に似ていた。

古代文字を一字ずつ解読しようとする学者のように、彼はプリントされた便箋を睨みつけながら、頻度数の最も多い字を探そうとした。そして、古代文字解読の手がかりとして学者が壁画を利用するように、彼は四十年前の記憶に彫りこまれながら今日まで砂埃で厚く覆い隠してあった母や岩本の顔を手がかりにしようとした……トンボを口実に岩本の指と戯れながら楽しそうに笑っていた母の顔、何気ない一瞬、母が父の横顔を盗み見るように見た冷ややかな眼。キャッチボールをしていた時の岩本の面白いか面白くないのかわからないような無表情、あの路地で子供だった彼の口から「父さん」という言葉を聞いてとり乱した岩本の顔……。

不可思議な記号に似た文字は、むしろ逆に、そういった無数の顔を思いだすための手がかりになった。彼の記憶には、古代壁画に似た鮮明さと不鮮明さの混じりあったふしぎな色合いで、母や岩本の顔が彫りつけられている。何かの幾何学形を連想させるハングルのように……。

中でも一つ、彼には決して解き明かすことのできない母の顔がある。

彼はこの一時間、便箋から逸らした目で、時々スタンドのシェードを見た……トンボの羽の影は、一見死んだように動かなかったが、それでもまだ生きている証拠に、レース模様に似た影は、波状のすじを引いてうごめき続けた。それが電磁波のように思え……彼を四十年前の過去へと誘う時間波のようにも思えた。そして、その影の波模様が大きく揺らぎ、次の瞬間、トンボが空中へと飛び立った瞬間……不意に彼は「棄ててあげるよ」と言う女の声を聞いたのだった。

棄ててあげようか……。

四十年前のある女の声が、生の声と変わりなくはっきりと耳を打った。トンボの羽模様が生み出した時間波が、小説のようなタイムスリップを引き起こした。そうとしか思えなかった。――私は周囲を見回した。闇……日本の一隅の町、その町のまた一隅を塗りこめた深夜の闇、四十年前にしかなかった一点の光もない闇……当時よくあった停電のような、あまりに突然な、暗黒の闇。

「こんな子は棄てておかないとね」

顔はなかった。ただ闇から声だけが聞こえた。四十年前のあの時もそうだったのだろうか……だが、その闇はただの幻想にすぎなかったように、一度頭をふっただけで霧消した。幻想ではない。あの夜の記憶が……これまで他のどの記憶よりも分厚い壁にぬりこめておいた母の言葉が不意によみがえり、一瞬私のすべてを飲みこみ、目までがあの夜の記憶に飲みこまれてしまったのだ。ソウルに来てこの数時間のうちに、私は母と岩本のいたさまざまな場面を思いだしたが、それでも絶対に思いだしてはいけない母の言葉があり、顔がある……他の場面があまりに優しく私を郷愁にも似た世界にひたしてくれたので、私はついつい油断してしまったのだ。油断は、死の境界線の向こう側まで密閉しておかなければならない一つの記憶に……最悪の記憶に、風穴をあけ、母の声だけがまず漏れだしてしまったのだ。

声はまだいい。「棄ててあげる」という言葉も「棄てておかないと」という言葉もい い……だが、あの時の母の顔だけは、たとえソウルがキリスト教の告解を聴く司祭のような優しさをもった町であろうと、思いだしてはいけないのだ。

私はトンボをさがした。

浴室との境の壁……何もないただの空白にも似た白い壁のすみに、トンボは止まっていた。羽をまっすぐ広げたまま標本のように静止したそれもまた記号かハングルの文字に似ていた……宿泊客の誰かが、この部屋で過ごした夜の思い出に、一字だけの署名をそこに残していったかのようだった。そしてそんな風に考えたのは、四十年前の記憶の壁に塗りこめた母の顔にも、私が似たような署名をほどこしているからなのか……あの時の母の顔にも、トンボが止まっている……本当に止まっていたかどうかはわからない。深夜だったし、たぶん飛んでなどいなかっただろう。それなのに、私はあの時の母の、夜の闇から浮びあがるように白かった顔に、トンボを一匹、描きこんで記憶に残したのだ。眉のあたりに……ちょうど母の薄い眉が羽の落とした影のように見える位置に。

思いだしかけたその顔を、私は今度こそ、激しく首をふって追い払い……それから電話がかかってくるまで、ただひたすらその手紙をにらみつけていたのだった。ともかくそれは一つの過去だった。私は、その昔一つの過去から逃れようとして、四十年の遠回りに似た旅の末、結局またこの過去にたどり着いたのだった。ハングルの暗号のような文字の裏に、昔と変わりなく謎を溢れさせた過去……。

私の感情は、その手紙が日本語に訳されるのを拒んでいた。手紙の中に潜んでいる過去は、妻のものではなく私のものなのだから、それは妻ではなく私がもっているべきだと考えた……だからこそ、ソウルまで送らせ、今、手にしているのだが、だからと言って、あの大切な過去……忘れようとして忘れられなかった一つの過去に、こうも簡単に触れていいかどうかわからなかった。四十年かけてやっと見つけた宝物の箱は、そうあっけなく開いてはならないのだ。鍵も錠穴も錆びつき、私は、もっと格闘しなければならなかった……いや、私はただ単に怖かったのだろう。砂の上にも何とか楼閣は築ける……だが、砂の上にそれなりに私が注意深く築きあげた人生が、実は泥沼の上に築いたに過ぎなかったとわかってしまうのが、私にはたまらなく怖かった……その瞬間、私の人生は崩れ落ち、あっけなく泥沼に飲みこまれそうな気さえした。

一時間近く続いた恐怖に似た緊張から逃れようと、私は服を着たまま、ベルトだけをゆるめ、ベッドに倒れこんだ。そして、壁のすみに止まったままのトンボを見ているうちに、突然のように睡魔に襲われた……今日一日のことを思うとあまりに考えることがたくさんあり、夜明けまで寝つかれないだろうと覚悟していたのに、この数年一度もなかったような心地よい眠りが訪れたのだった。私は翌朝八時すぎに目を覚ますまで、夢を見ることもなく眠り続けた……いや、夢は見た。夢の中で聞いた何かの音で目を覚ましたのだから……悲鳴か叫びに似た悲劇的な音……それとも悲劇的な音に似た誰かの叫び。私は夢の中で苦しんでいたはずなのに、目が覚めると同時にその夢のことを忘れてしまった。トンボはいなくなっていた。朝の光が、壁の空白をただ静かに浮びあがらせていた。

私は自分が今どこにいるかもはっきりと思いだせずベッドに横たわったまま、トンボやあの女のことは現実だったのだろうかと考えていた。眠りと夢が昨夜の出来事をぬぐいさってしまった……だが、現実だった証拠に、私はパスポートにあった女の名前を思いだせた。

立石侑子。

私を空港で待ち受け、このホテルにも娼婦を装って現れ、それなのに私がベッドに誘うような真似をすると不意に激しく首をふって拒み、私の過去探しの旅に協力すると言い出した謎の日本人女性……プサンへ私を連れていくためにソウル駅で待っていると言った女。

私は彼女の正体をすでに見破っていたが、このまま、何も知らないふりで彼女といっしょにプサンに向かおうと思っていた。私は彼女の出方を見たかった。空港のロビーで、この国へと一歩を踏み入れた瞬間から、彼女は私の運命そのものになっていたし、昨日の正午すぎから、自分でも説明のつかない衝動に身をまかせていた私は、運命の出方どおりに行動する他なかったのだ……風の流れるままにどこへともなく運ばれていくトンボのように。

私は浴室でゆっくりとシャワーを浴び、鏡の中で昨日、東京の自宅の鏡で改めたのとまったく同じ自分の顔を見つけて、少しだけ安心した。

立石侑子はたぶんこのホテルの別の部屋に投宿しているはずだとは思っていたが、私は十時に何ごともなかったようにホテルを出て、ソウル駅に向かった。駅までは歩いて十分ほどだと聞いたので、一旦は歩き出したのだが、方向を間違えたらしい。いくら歩いても駅に着かず、結局、十時半に街角に止まっていたタクシーに乗りこんだ。

「ソウルからどこへ行くの?」

髪の半分が枯れ草のように白くなった運転手は、私がハッとするほどたくみな日本語で尋ねてきた。

「プサンですよ」

「プサンのどこ?」

「港の方」

私は適当に答えた。港町というのが、私のプサンに関する唯一の知識だったのだ。だが、その返答で不意に老運転手は客に興味をもったようだ。老眼らしく細めた目が、ミラーの中で私の顔をさぐった。

「貿易の仕事?」

「いいえ。私用です。プサン港の近くに住んでいる人を訪ねて……」

それ以上突っ込まれたら困ると心配したが、「偶然だね。ボクは十年くらい前までプサンにいた」運転手は自分の話を始めてくれた。ボクという呼称が老齢とは不釣り合いで、その人が日本語を憶えたのが子供のころだという事実を物語り、不意に会話に歴史の影が落ちた……戦争の影。ボクというより、発音は「ポク」に近い。

「プサンでは車でなく、船に乗っていたが」

「船は漁船ですか?」

「そう、ボク、日本に行ったことがある」

「漁船で?」

「そう、でも行ったというより、無理やり連れて行かれた」

顔をゆがめたのは、運転手でなく私の方だった。戦争時代……強制連行……暗い連想があった。だが、ミラーの隅から私を見ている目は穏やかで、フロントガラスに溢れた夏の光の中で、ふしぎな温かみすら感じさせた。車内は冷房がよく効いていることもあり、光の眩しさまでが心地よかった。

「ダホされて日本に捕まったけれど、すぐに許してもらえたし、優しい日本人がいた……どの国でも端で生きている人間は優しい。それで、その日本人が今度ダホされた時、ボクも優しくした」

老人が懐かしい昔話を語るような淡々とした口調だったので、もう少しで聞き流してしまうところだった。「ボクも」の「も」が何とか耳に引っかかり、「運転手さんに優しかった日本人が、偶然拿捕されて……それで運転手さんと再会したんですか、今度は韓国の方で」と声に驚きをまじえて訊き返した。

「そう、大きい偶然だったよ。捕まったのに、あの日本人は喜んだ、また会えたから。だからボクも優しくした……」

私が「ドラマのような偶然ですね」と感嘆の声になると、老運転手は満足そうにうなずいた。ただ、私が使った『偶然』という語には、もう一つ、老運転手の知らない意味があった。他ならぬこの私が……今からプサンに向かい、奇跡的な確率で母親や岩本に再会するかもしれないこの私が、ゆきずりのタクシー運転手から、こんな話を聞くとは……。私は、ただ「運転手さんは日本人に優しいんですね」と言った。

「どうしてそう思う」

「他の韓国の人はみんな日本人を憎んでいるでしょう?」

「ボクだって憎んでいる。ボクの兄は日本兵に拷問されて、今でも左脚が自由にならない……優しかったのはただ、あの漁船に乗った日本人と日本の端っこにいる人たちだけだ」

不意に声もミラーの中の顔も灰色にくすんだ。眠っていた怒りが目覚めたように……それでも私はもっと長く話していたかったが、老人はブレーキをかけ、車は止まった。一瞬、「降りろ」とでも怒鳴られるのかと心配したが、

「ソウル駅だよ」

無表情で身構えた私に運転手は静かな声で言った。私が礼として一万ウォンの紙幣を一枚余分に渡すと、運転手は黙ってうなずいた。礼の言葉はなかったが、

「プサンで訪ねる人の住所は?」

と訊いてきた。プサンを訪ねるのが初めてだろうと考え、何か自分に教えられることがあればという親切心らしかった。私はホテルから持ってきたファックス用紙の一枚を見せた……封筒の裏に岩本という日本語とハングルの住所がある。

運転手は一読、ふしぎそうな顔をした。「ここへ行くのか」と訊いてきた。

私がうなずくと、運転手は力なく首をふった。さっき、適当に「港」と言ってしまったが、そこに記されていたのがプサンの港から遠い場所だったからだろう、そう思った。だが、

「プサンではないよ、この住所は」

老運転手は咳でもするように声をのどから押しだした。

「と言うと?」

「ケイシュウの……寺。有名な寺だよ」

「慶州?」

寺の名前も口にしてくれたが、よく聞きとれなかった。ドアから片方の脚だけを道路におろした不安定な格好のまま硬直し、寺の名を訊き返そうとした時、背後に迫ったバスがクラクションを浴びせてきた。

「中で駅の人に詳しく聞きなさい」

とだけ言い、運転手は私を降ろすと急いで車を出した。次の瞬間、横殴りに襲いかか

ってきた風で、私の体は倒れかかった。真夏の光に灼かれ、ソウルは無風状態の中で今にも窒息しそうだった。風は通り過ぎたバスが起こしたものだ……それなのに私にはそれがソウルというこの町が起こした風のように思えた。今朝、ホテルの部屋で私は昨夜のトンボを探したが、どこにも見つけることはできなかった。このアタッシュケースのように、密室同然のあの部屋にもトンボが出入りするだけのすきまがあったのだろう、そう思って諦めたが……あのトンボは私の体に逃げこんだのだ。そう感じたのは、タクシーから降り、風圧に倒れかかった瞬間、私は今朝見た夢を思いだしたからだった。「棄ててあげるよ」そう言った母の眉から不意に飛び立った赤トンボは、私の口の中にしのびこみ、出口を求めて体の中の私自身にもわからない迷路をさまよい始めたのだ……そして、母の凍りついたような冷たい目の上には、トンボが残していった影のような眉が、微笑とともにくずれ落ちようとしていた……。

バスが通り過ぎた瞬間、倒れかかった自分を私は、風に漂うトンボのように感じとったのだった。ソウルが起こした運命の風に乗って、私は知らない町へ……本当は慶州なのに、あの女、立石侑子がプサンと呼んだふしぎな町へと流されていこうとしていた。

6

私は、今自分がいる場所を見失ってしまった迷子のように、そこに突っ立っていた。そこに……だが、どこに？

四十年の歳月は、本当に私をその記憶の中で迷子にしてしまい、私はそれがどこだったかもよく思いだせない。私にわかるのは目の前に母が立っていることだけだ。場所など、家の裏にあった神社の境内であろうが、裏庭のムクゲの木の下であろうが構わない……具体的な場所に重要な意味はなく、母のすぐ前にいることだけが記憶に残さなければならない重要な意味を秘めていたのだろう。母と私の間には子供の足で二、三歩の距離があった……。迷子のように感じたのは、母の方へと近寄ればいいのか、母から離ればいいのかわからなかったからだ。母に抱きついていけばいいのか、それとも母から逃げ出せばいいのか。私は六歳だった。……本当は母に飛びついていきたいのだが、それを拒むものが二つあったのだ。母の無表情……私を見て、一瞬ギョッとしたように大きく顔をゆがめ、次の瞬間、そのゆがみきった顔を白い包装紙で包み隠すように、母は、何一つ感情のない、目鼻立ちを描き忘れた絵のような空白の顔になったのだ。……そしてもう一つ私を拒んでいたのは、そのすぐ後ろに黒子のように突っ立った岩本だった。母の背に隠れるように岩本がいた……母より一回り大きな体は隠れきらず、母の肩からはみだして岩本の顔があった。それは間違いないが、岩本が私を見ていたか、きまり悪くて目をそむけていたかもわからない。

ただ岩本があの場にいたことはまちがいなくて、驚愕に顔をゆがめた後、無表情に変わり、さらに残忍な微笑へと変化していった母の顔を、私は祭り小屋で見たからくり人形の瞬時に豹変する顔に似ていると、ぼんやりそんな風に思った記憶があり……背後の岩本が人形遣いのように母の顔を操っている気がしたのだ。

もとより岩本は母の表情をあやつる人形遣いだった。幼稚なイメージではあったが、子供心に私はそんな想像をしていた。……雨に降られて家に駆けこんできた時も、トンボが浴衣の中にしのびこんだ時も、母の顔から絶対に父親には見せたことのない表情をひきだしたのは、岩本だったのだ。問題のあの晩もそうだ……母のあの残忍な笑みも、もとはといえば、岩本が母を抱き寄せ、その指で化粧でもするように母の顔をなぞっていたせいだ。母の顔はその指にあやつられて喜悦をにじませ……その果てに、突然その場に現れた私を見て、ギョッとしたのだ。

すぐに無表情になった母は、両手を胸もとで交叉させ、寒さから自分の体をかばうような格好になった。岩本の腕の中でやわらかく崩れ、『女』になった自分の体を、とっさに子供の目からかばおうとしたのか……それとも、岩本を隠そうとしたのか。

やがて母はその無表情のまま舌打ちをし、「困った子だね、本当に」と言ったのだ。

「こんな困った子は要らないから、棄ててしまおうかね」

と言い、「棄ててあげるよ」と何度も執拗にくり返した。その後、私は高校の英語の授業でラフカディオ・ハーンの『怪談』を習い、雪女がその白い息を吐きだす場面を読み、その場面の雪女をあの時の母の顔とダブらせた。白い息とともに「棄ててあげるよ」という声が聞こえてきそうな気がし、何かおかしなものを食べたのか吐き気がすると嘘をついて、授業をぬけだしたことがあった……。

「お前を産んだ時から邪魔だったから、あの家に……父さんのところに棄てにいったんだ。それなのになかなかいい機会がなくて、今日まで棄てそびれて。私が父さんにくっついていたのは、その機会を狙っていたからだが、いい機会が見つからないまま、お前はどんどん大きくなって、どんどん邪魔になって……もう限界になったから、棄ててあげるよ」

もちろん正確に憶えてはいないが、そのようなことを言い、ゆっくりと眉をくずして、どうしようもなく嬉しそうな笑顔になったのだった。私は、その時の母の眉を、そこに止まっていたトンボの影のように記憶に残したが、それは少し前に母の顔を愛撫するようになぞっていた岩本の指の影だ……岩本の指……トンボ……岩本は、唾をつけた指で母の眉毛をなでつけながら、「あんたの顔は、眉や目をもっとキリリとさせないと朝鮮の女らしく見えないよ」と言っていた……一字一句そのとおりだとは言えないが、まちがいなくそれに類したことを言い、母はその時に見せた何とも言えない嬉しそうな笑みを、

「今度こそもう限界だから、本当に棄ててあげるよ」

そんな残忍なことを口にしながら、子供の私にも見せたのだった。

他は何もはっきりと憶えていない。一点の明りもない真っ暗闇の夜の出来事のように記憶しているのだが、母の顔を街灯か何かの灯が浮びあがらせていたはずだ……いや、それとももっと明るい時刻だったが、二度と思いだすことのないよう、意識を真っ黒に塗りつぶしてしまったのか。真夜中の闇とまちがえるほど……。

夜、それとも忘却。

どちらにしろ闇がほとんどを覆い尽くした中で、母の顔とその言葉だけが、無傷の鮮やかさで残ったのだ。

いつのことかも正確ではない。ただし、その後、母は本当に私をあの父親のもとに棄てたのだから、二人が私たち父子のもとから消える直前のことではなかったのだろうか。二人はこっそりと逢い、この国へと逃げる算段をしていた……そこへ子供の私が登場し

たので、あんなにも驚いたのだ。とんだ邪魔が入ったと思ったにちがいない……私という子供の存在をこれまでになく疎ましく感じただろう。これで最後だという安心感もあって、これまで自分の背に重くのしかかっていた子供につい本心を吐露してしまったのか……。

母は私を邪魔に思い、あの日とうとうこれまで隠し通してきた残忍な笑い声を私に浴びせかけたのだ……それはそれでいい。だが、岩本はどうだったのか。子供に向けて残酷な言葉を投げつける一人の女の背後で、岩本は……私が当時、唯一の友人だと思っていた男は、無言のままどんな顔をしていたのか。岩本が幼い友人を守るために、母を制するようなことを何か言ってくれたとは思えない。岩本がいたことは確かだが、記憶には私に向けられた岩本の声は一つもない……それに、これは確信をもって言えるのだが、もし岩本が私を守るようなことを一言でも口にしてくれていたら、逆に私は母の残忍な言葉を忘れ、ただ友人の優しい言葉だけを記憶に残し、あの最後（?）の夜のことは、悲しいだけでなく、それを埋め合わせて余りある優しい思い出となって私の生涯に残ったただろう。私は母に裏切られたというよりも、私を守ろうとしなかった岩本のよそよそしい無言に、生涯癒されることのない致命傷とも言うべき深い痛手を負ったのかもしれない。私はたぶん、母の背後で顔を背け押し黙っている岩本を見たのだろう……そしてその、幼い友人を裏切った冷淡な顔を、母の残忍な笑顔よりも思いだしてはいけないものとして、永遠の闇に葬り去ったのかもしれない。

夜だったのか、忘却だったのか。深夜に似た暗闇のかたすみで、母の顔を前にして私は小さく、たった一人だった。胸が締めつけられるという表現は、決して比喩ではない。それを誇張だと思う人は、あの時の母の言葉と同じ言葉を幼い子供の立場で聞いたことがないだけだ。私のまだ花の蕾のように小さかった心臓は、悲しみか痛みに似たものに押しつぶされ、砕けかけ、私は二人に背を向け、逃げだした。どこへ逃げたのかは憶えていないが、心臓が何かに圧迫されて軋むような音は、痛みと共にいつまでも尾をひいて残った……それはよく憶えている。そしてその日以降、思いだそうとするたびに、心臓が同じ音で軋みだすので、思いだすことを拒否し、実際には起らなかった事として……幼少期の悪夢にすぎなかったものとして、人生から追い払おうとしたのだ。そのために四十年がかかった……そして私が完全に忘れ去る間際になって、あの思い出がもっていた強靭な生命力は、昨夜、ソウルのホテルで、突如悪あがきを始めたのだった。忘れ去られる間際になって……死に絶える間際になって、ソウルという病室のような、絶好の場を得て。

悪あがきは、私がタクシーを降り、風に流されるようにソウル駅構内に足を踏みいれた時にまた始まった。

ただし、私の記憶を呼び起こさせようと錆びついた脳裏をしきりに叩きつづけたのは、母の「棄てる」という言葉よりも、「もっと眉や目をキリリとさせないと、朝鮮の女らしく見えない」という岩本の言葉の方だ。ソウル駅は、外観が東京駅とそっくりの古い煉瓦づくりで、構内の近代的な明るさや繁華街以上に人でごった返している様も同じだった。

立石侑子は、構内にある噴水の前で昨日の空港と同じ謎めいた雰囲気を漂わせながら、私を待っていた。同じ服、同じ色と香り、同じよそよそしい眼差し……絶え間ない人の流れの中でも、私たちはすぐに相手を見つけた。

昨日との違いは、名前を書いたボードの代わりに彼女が携帯電話をもっていることだけだ。携帯を耳に押し当て、彼女は近づいていく私から一瞬も目を離さなかった。

その目を見つめ返して歩きながら、私は頭の中で、岩本の言葉を響かせていた。

「もっと眉や目をキリリとさせないと、朝鮮の女らしく見えない……それでは日本人だと簡単にばれてしまう。もっと目尻を剃刀の刃でも砥ぐようにキリッとさせないと……」

なぜこの女は韓国人を装っているのだろう。なぜ母は朝鮮の女らしく見えなければならなかったのだろう……ただし、岩本の言葉は意味がなかった。日本人だとわかって見ると、立石侑子は昨日ほど韓国人には見えなかったのだ。日本人と韓国人の顔には東京駅とこのソウル駅ほどの差もないのだ……日本人と思って見ればそう見えるし、韓国人と思って見ればそう見える。それはこの四十年、鏡の中の顔と格闘し続けた私が一番わかっていたことだ……。

二つの似た駅。似た顔。彼女に近づく間に一度だけ、私はその顔から目を逸らして駅の時計を見た。十一時三分。私が東京駅に停まった電車の中で、意識するより先に韓国に飛ぶことを決心してからまだ二十四時間が経っていない……私はまだ東京駅にいる。それは駅が似ていることから来る錯覚ではない……私はまだ本当に日本から一歩も出国していない。私は微笑んだ。彼女に充分近づき、足を止め、その瞬間、初めての海外旅行の際、出国を「シュツゴク」と言って、そばにいた誰かに笑われたことを唐突に思いだしたのだ。……しかし、私にとって出国はいつも出獄に似ていた……何かが私を日本という牢獄に閉じこめ、そこで強制労働でもさせられるように私は生きている。いつもそんな気がどこかしていた。

私の微笑を挨拶と誤解したようだ。立石侑子は携帯を切ると、かすかに形だけの笑みを顔に作り、それから挨拶の言葉のかわりに、切符をさしだし、

「正午発のセマウル号にしたわ。発車までまだ時間があるから、簡単に食事でもします?」

と言い、セマウル号というのは日本の新幹線にあたる列車だと説明した。

「どこへ行くんだ」

「プサン。昨日そう言ったし……それがわかっていてこの駅へ来たんじゃないの?」

彼女は用心深そうに目の奥に隠れたもう一つの目で私の顔をうかがった。私があの手紙をホテルの日本人スタッフに訳させたかどうか、探るように……。彼女は昨夜、「手紙の内容を知りたければ、日本人スタッフに訳してもらえばいい」と私の意思に任せるような言い方をしたが、そうしないことを見抜いていたのだろう。ただし、確信はもてなかった……私が手紙の内容を知り、封筒の裏の住所がプサンではなくケイシュウになっていることを知ってしまっていないか、心配しているのだ。

しかしなぜ、彼女はケイシュウをプサンと偽り、私を今からプサンに連れていこうとしているのか。

その疑問には触れず、私は二人分の乗車券の一枚を受けとりながら、「いくら?」と訊いた。財布をとりだそうとするのを、

「いいわ、お金は」

という言葉で制した。

「じゃあ後で、君のスポンサーに払えばいいのか」

私はそう言った。その声の皮肉な響きをまちがいなく聞きとったはずなのに、彼女はただ笑って「ええ」とだけ言った。そしてそれ以上、そのことには触れたくなかったのか、構内の食堂に私を誘った。昨日の晩から、彼女が韓国語を話せないと勝手に決めつ

けていた私は、そこでウェイトレス相手に自由にハングルを操っているのを見て、少なからず驚かなければならなかった。

私には一語も理解できない言葉が彼女の形のいい唇から、母国語と同じ自然さで流れだした……いや、それは母国語なのだ。韓国語を話す際、唇は何とも言えぬ自然な色を帯びる……パスポートが日本名だからといって、なぜ私は彼女を日本人と考えたのだろう……いや、日本に咲くムクゲの花のように、国籍は韓国でも、この国の血を持っている人はたくさんいるから、そういう一人なのかもしれないと考えなかったのだろう。

彼女はコーヒーを飲みながら、スパイ小説にでも出てきそうな二人の関係と奇妙な状況も気にせず、これから乗ろうとしている列車の食堂車の話やプサンの漁港の話をした。女性特有の適応力で、この奇妙な状況になじんでいるのだ……いや、彼女にとってこの状況は説明がつくことだから奇妙でも何でもないのかもしれない。ただ、私にとっては依然、その女を前にして食事をしたり、その女の隣に坐って韓国の列車に乗っているというのは奇妙すぎる状況だった。

私はすでに立石侑子については日本国籍であること以外にもかなりの知識があり、それなりに彼女と一緒にいるというこの奇妙な状況がどうして起ったかを説明することができた。彼女が昨日、私と同じ飛行機に乗っていたことは、バッグの中に私と同じ便の搭乗券を見つけたことで証明できるし、となれば後のことはだいたい想像できる。彼女は昨日の朝、私が家を出た時から尾行していたのだ……おそらく探偵社か何かの社員で、私がさっき「スポンサー」と呼んだ「客」から依頼を受けて、兼ねてより、私のことを調べていた。客はたぶん、私を生んだ一人の日本女性や私の本当の父親かもしれない岩本という韓国男性の調査をその探偵社に依頼し、韓国語を話せる社員がその調査役を務めた。それが立石侑子だ。彼女のパスポートには今年のゴールデンウィーク前と梅雨の時期と二度にわたって、この国に滞在したことを示す出入国のスタンプが捺されていたから、それぞれ二、三日間、調査のためにこの国を訪れたのだろう。しかも二度ともプサンに来ている……。その時期に、プサンだと唯一の手がかりである古い手紙の裏にあった慶州の町に近いから。

慶州かプサン、その辺りで二人の消息をつかみ、調査は終わり、結果は「客」に報告された。「客」が誰かも、私にはもうわかっている。父親だ……私の父が死後何年か経って、自分を裏切った二人の調査をその探偵社に依頼したのだ。もちろん、死んだ父に代わって、その役を演じた人物がいる。妻の一美……妻は父から問題の手紙を預かった時、その手紙に「私の代わりにあの二人がどうしているかを調べてやってくれ」という遺言を聞いたのだろう。ただし韓国に赴かねばならず金銭的にも大きな問題があって、すぐには手をつけられなかった。今年の春、妻は私との離婚を自分一人でまず決心し、その際、長年の宿題として背負ってきたものを肩からおろすことに決めた。大金を支払う覚悟で、韓国に精通した社員のいる探偵社を見つけだして調査を依頼した。調査の結果が、大金に見合うものだったかどうかはわからないが、ともかく一つの結果を得て、妻はそれを慰謝料のようにして離婚に踏み切ろうとした……後の問題は、どう私に切り出すかだけになったが、そんな矢先、昨日になり突然、私が奇妙な行動に出てしまった。いや、突然ではない。私自身が気づかずにいただけで、何か今度の失踪にも似た韓国行には、傍目にははっきりとわかる伏線みたいなものがあったのだろう。私はたぶん悩みでも抱えているように見えたのだろう。周囲にだけは、私に何か暗い変化が起っていることがわかり……私がかねがねこの国にこだわっていることを知っていた妻は、私の変化の理由を、当然のようにそれに求めたにちがいない。そして一昨日の夜、私のアタッシュケースにパスポートが入っているのを見つけた妻は、私が韓国に行こうとしていると考えた……。実際には次の出張のために期限切れの近くなったパスポートを新しくとりなおそうとしていただけだから、妻の邪推に過ぎなかったが、この邪推が皮肉な運命にねじまげられ、的を射てしまった。私より早く、私が韓国に行くことを妻の一美は知っていた……翌日にはそうなってしまったのだ。妻はパスポートを見つけると、すぐに探偵社の女性社員に連絡をとり、夫を韓国まで尾行できるようにスタンバイさせた。東京駅の総武線ホームで、私が携帯から航空会社の知人に電話をかけるのをすぐ傍で聞いていた立石侑子は、その後ただちに妻に電話をかけて、妻の想像が正しかった旨を連絡し、その知人のことをよく知っている妻は、航空会社に電話をかけて、出口近くの目立たない席に女性探偵の席を用意させた……こうして、仁川《インチョン》空港までたくみに私を尾行した彼女は、空港でさらにたくみな尾行方法をとった。

先回りして入国審査を終えた彼女は、ロビーで待ち伏せ、謎めいた韓国女性という印象で私に自分を追わせるという逆の尾行を始めたのだ。微妙に漢字をまちがえた名前で私の興味をひき、さらにホテルのエレベーターの中に突然登場し、その背中を私に尾行させた……おそらくスポンサーである妻から「うまく接近して、旅の同行者になってやってほしい」とでも頼まれたのだ。「ただし、妻の私に依頼された探偵であることは何とか隠し通して」……しかし、そんな方法がそう巧く見つかるはずがない。わずか二時間足らずのフライトのうちに彼女が思いついた方法は、謎めいたコールガールを……正確にはコールガール風の女を演じ、謎めいたまま私の同行者になることだった。適当な嘘を思いつけず、それならいっそおかしな芝居はしないで、『謎の女』のままでいた方が賢明だと考えたのだろう……同行者?

ただの同行者ではなく、彼女が果たそうとしている役割は、ガイドだ。私にとっては迷路同然のこの国、迷路同然の私の過去、私の体……。

彼女はすでに二度のこの国での調査で、私の少年時代に登場した二人の重要人物が、その後この国に渡ってどうなったかを知っているのだ。今から私をその調査結果へと導こうとしている重要な案内人だ……。

ただ私は、この案内人を認めたわけではなかった。彼女のおかげで、慣れない国で何の面倒もなく列車に乗り、座席にゆったりと坐って目的地に向かおうとしているし、もとはと言えばソウルに来たもののどこに行ったらいいかわからなかった私に、行く先を教えてくれたのも彼女なのだ……このまま彼女についていけば簡単に迷路の出口にたどりつける。そのはずなのに、それを拒み、彼女が連れて行ってくれようとしているプサンを拒んでいる私がいるのだ。

出所を明日に控えた受刑者が世間に受け入れてもらえるかどうか不安になるように、私は出口のむこうに待っているものが怖くなり、そう簡単にはこの迷路からぬけだしたくないと思い始めたのか……私は彼女よりも、日本から私についてきた一匹のトンボの方をガイドとしてずっと信用していた。私の体の中で新たな生命を得たトンボが、列車の動きだした瞬間から……車窓をソウルの町が流れだした頃から、しきりに私をプサン以外の町へと連れていこうとしている。もちろん私を無理に引きずっていこうとしているのではない。この国の風に乗ってトンボがどこへとなく飛んでいくのを、私はただ追いかけようとしているだけだ。

それに較べて、彼女は（おそらく客の依頼に忠実に応えようとしているだけだろうが）迷路の出口まで強制連行するために、私を束縛したがっていた。駅の食堂で席につくと同時に、彼女はまず私に自分の携帯電話の番号を教え、その番号で私を縛ろうとした。

「あなたが持っている携帯は、この国では使えないわ。だから、何かあったら、普通の電話からこの番号にかけて」

と彼女は言った。私をうまく騙したつもりだったろうが、昨日ホテルでチェックインした際に、観光客用に携帯電話のレンタルがあることを知った私は、彼女がもっている携帯もそんなレンタル品に過ぎないと気づいていた。彼女はまた、私を指定席の窓側に坐らせたがった。座席の位置でも私を縛ろうとしたのだが、私は「閉所恐怖症気味で、窓側だと息が詰まるから」といういい加減な理由で、彼女の方を窓側に坐らせた……そして、車窓を流れる街並みや郊外、田舎の風景に横顔を浮びあがらせながら、その完全に自分以外のものは無視したような傲慢な横顔で、逆に私の視線をしばりつけ……それなのにまた、車窓にムクゲの樹を見つけては、「ほら」と言うように私へと流す微笑のやわらかな視線で、私をしばりつけた。

「ムクゲの花が理由だと言ったけど、あなたがこの国に来た本当の理由を教えて」

そんな質問でも、私を縛ろうとした。

「昨日すでに答えただろう？　死んだことになっている友人が、本当はこの国で生きているような気がする。それを知りたい」

「もしこの国で、もう死んでいたら?」

「それなら私が韓国に来た理由が簡単になる。墓参りをしにきただけになる……」

「もし生きていたら?」

私へと投げた視線に緊張があった。

「生きていたら逢いたい。逢えば、この国に来た本当の理由がわかると思う」

他人事のような言い方が可笑しかったのか、彼女はかすかに微笑んだ。ふしぎなことに、笑った方が顔の印象が冷たくなる……私には依然彼女が謎めいて見え、その謎こそが何より私をしばりつけてくるものなのだ。私の推理はまちがいないだろう、私は彼女の正体をほぼ見抜いてしまっているし、真昼の光の中で見る女は、昨夜ほどきれいではなかった。昨日、夜の灯がその顔にまとわせていた神秘のヴェールは眩しい光にはぎとられ、丁寧すぎる化粧が却って肌の荒れを目立たせた。一人の女の現実を覗いてしまったような気がしたが、それでもまだ、現実の裏にもう一つ男には絶対解き明かすことのできない謎が残っていて、依然、私は彼女に惹きつけられていた。たぶん彼女自身にも解き明かせないほど体の奥底に埋もれている謎……。そう感じたのは、夏物の薄いブラウスからにじみだすかすかな体臭に、母の匂いに似たものを嗅ぎとったからかもしれない。

浴衣のような寝巻きのはだけた胸もとからこぼれだし、夜の暗闇の中に……さらに私の眠りの中にまで忍びこんできた母の匂い。岩本が遊びにきた夜にかぎっていっそう濃密に闇にからみついてきたその匂い。

私は、だが、その列車の中で母や岩本のことより、父親のことを考えていた。正確には私が「父さん」と呼んでいた男……その顔がしきりに目を閉じた闇に浮んできた。

私が目を閉じていたのを眠っていたと思ったらしい。目を開けた時、

「何の夢を見ていたの？」

彼女が遠慮がちにそう尋ねてきた。

「夢？　どうして？」

「幸せな夢でも見てるみたいに笑ってたから」

「笑ってた？　本当に？」

私は自分が笑っていたことが信じられず、そのことが可笑しくて笑った。

「寝ていたわけじゃなく、考え事をしていただけだが」

「何を考えていたんですか」

「だから、この国に来た本当の理由だよ……今、ある男のことを思いだしていたら、やっとそれに思い当たった」

「それで？……」

彼女は、さりげない、だが用心深そうな目で私の顔色をさぐり、「何だったんですか？本当の理由は」と訊いてきた。

私は首をふった。

「いや、言わないでおく。自分でも笑うようなバカバカしいことだから、きっと君にも笑われるだけだ」

と言って、それ以上の質問を避けるために、意味もなく腕時計を見た。午後二時五十九分……その時刻、車窓には遠い山並みと田畑が流れていた。さっきからずっと似た風景が続いている……日本の田舎の風景と変わりがないが、ただ私の目にそれは今の日本というよりも、終戦後間もない時期の日本の風景として映った。どこか色褪せた、どこか懐かしい風景。そう感じたのは、太陽の光が自らの熱の激しさに負けたかのようにくすみ、夏が濁って見えたせいだったのか……それとも父のことを考えていた私が、四十年近く前、父と一緒に乗った汽車のことを思いだし、あの車窓に流れた風景とその韓国の風景とをダブらせていたからなのか。母が鉄道事故で死んだと聞かされて一年後……私は父に連れられて母の実家がある彦根に行った。確か母の命日だったが、法事らしいことは何もしないまま、祖父母と共に墓参りだけをして、私は父と東京に帰る汽車に乗った。そして次の停車駅が近づいたころ、父は「お前だけ次の駅で降りてお祖母さんの家に戻ってくれ」と言ったのだった……横顔のまま、ひとり言でも呟くように。あの時、父の痩せた横顔を押し倒すように流れていた田舎の風景と、今、この列車の窓に流れている風景とがひどく似ているような気がした。

駅が近づいていることは、車内放送が始まる前に客の動きでわかった。時間の経過から見て、トンテグという駅にちがいない。私は、

「ソウル駅まで歩いた時に汗をかいて、下着が濡れている。この冷房で冷たくなって気もちが悪いから、トイレで替えてくるよ、新しい下着を今朝ホテルで買ってきたし」

そんな嘘をつき、下着が入れてあるかのようにさりげなくアタッシュケースをとり、車両を出た。慶州に行くには、直行便が少ないので、大抵の場合トンテグ駅で乗り換えることになる……そのことは今朝ホテルを出る前に調べてあった。

間もなく列車はトンテグに到着した。私は他の客たちが降りた後もデッキに残り、ドアが閉まる直前にホームに下りた。客たちは皆、駅舎の方に歩き去り、一人だけとり残されたようにホームに突っ立った私を、彼女はすぐに見つけた。車窓のガラスごしに、私たちは見つめ合った。彼女は立ち上がり、咄嗟にデッキの方に走ろうとした。だが、すぐにあきらめ、視線をホームの私に戻した。列車はすでに動きだしていた。彼女は最後に、携帯電話を耳にあてるような仕草を見せ、その仕草で私の気もちをしばろうとした。

そして、この小さな手の動きだけが、風に乗ってどこへ飛んでいくのかわからない一

四のトンボを束縛するのに成功したのだった。

五分後、私は駅の公衆電話から、メモにとってあった番号に電話をかけた。

彼女はデッキに出て、連絡が入るのを待っていたらしく、すぐに電話に出た。ため息をつき、「どうして列車を下りたの？　いいえ、どうして私に嘘をついたの？」と訊いた。

「これは私だけの問題なんだ。君には何の関係もない。私は昔、自分の過去をこの国で見失ったような……そんなふしぎな気がしていた。自分の過去は自分の力で探りあてたい」

「本当にそのためだけ、この国に来たのは」

「いや……」

即座に私は否定した。

「そのことで電話したんだ。さっき、この国に来た本当の理由がわかったと言っただろう。その理由を君に教えておきたかった」

沈黙が落ちた。彼女が困惑しているのがわかったので、私の方から口を開いた。

「二人を殺しに来たんだ」

と言った。

「二人が本当は生きていてこの国に逃げたらしいとわかった時から、いつかこの国に来て二人を殺そうと思っていた」

自分でも信じていないことを言ったかのように、私は笑った。だが、彼女は笑わなかった。当の私より彼女の方が、その言葉が真実だとわかっていたのだ。

「だから一つだけ教えてほしい。一つだけだ。そのためだけに電話した。……まだ二人とも生きているのか？」

7

沈黙。耳から壁にぶつかっていったような絶対の沈黙。何も答えないことを雄弁に語っている騒がしい無言……。

だが、それも一瞬だった。

「今、本当に『殺す』なんて言ったの？　ただの冗談？」

走る列車の中で喋っているせいか、声が震動していた……それとも、

「いや、本当だ」

そう答えた私の声が震えていたのか。「東京を発つ前から……もしかしたら四十年前から、自分がこの国を訪ねるのは、あの二人を殺すためだと考えていた。ただ自分の中にそんな、殺意なんていう恐ろしいものが巣くっているとは思いたくなかったから……その病巣みたいなものから目を逸らしつづけて来ただけだ。……私は真面目だ。だから君も真面目に答えてくれ。二人は生きているのか」

再び沈黙。今度の沈黙はいくらか柔らかく、私の言葉がつけいる隙があった。

「君が何者かも訊かないし、君には何の迷惑もかけない。だからそれだけ答えてほしい」

「私に訊かなくても、プサンまで一緒に行ってくれていたら、答えは簡単にわかったはずだわ。なぜ、トンテグの駅で下りたの？」

「その答えなら君の方がわかってるはずだ」

すきま風のようなため息が聞こえ、立石侑子は「キョンジュに行くつもりなのね」と言った。

「キョンジュというのは慶州？」

「ええ」

続けて彼女が言ったことは、列車があげた悲鳴のような音にかき消され、聞こえたのは、「あなたはあの手紙を読んだの？」という言葉だけだった。当惑しているのがわかる、ふしぎそうな声だった。

「中身は読んでいない。ただ、日本語のわかるタクシーの運転手さんが、封筒の裏にあるのはプサンじゃなく、慶州だと教えてくれたから……慶州の何とかいう寺の名前が書いてあると……」

「仏国寺だわ。あの手紙は仏国寺で書かれたものだから」

と言い、「そう、封筒の裏だけ読んでいたの」と続けた。語尾がため息と混じり合って長く伸び……私の耳は、その長さに特別な意味を感じとった。

「何かあるのか」

「もし中まで読んでいたら、二人が今生きているかどうかなんて訊かなかったはずだわ」

「それは……あの手紙に二人の生死のことが書かれているという意味？」

「ええ」

「つまり、それは……」

私は急ブレーキでもかけるように、声を止めた。私は自分から二人の生死について尋ねながら、それを知るのが、不意に恐ろしくなったので、質問を変えた。

「なぜプサンからの手紙だと嘘を言った？」

「それも手紙を読めばわかるわ……なぜ、訳してもらわなかったの？　ホテルには日本人スタッフがいたし、タクシー運転手も日本語がわかる人だったんでしょう？」

質問と質問が小競り合いでもするように絶えずぶつかり合う会話に私はいらいらした。立石侑子と私のあいだにも国境がある……国境線のこちらと向こうで、二人は銃口を目にしてにらみ合っているのだ……こんな風に電話で喋っている瞬間でさえ。ただ、彼女は私の性格まで見抜いていて、私があの手紙を読むのを恐れていることに気づいているようだ。一美から知らされていたのか……それとも私の過去を調べあげるうちに、私に関するさまざまな手がかりをつかんだのか。

そう……彼女は私が自分の過去に非常に臆病になっていて、すぐには手紙を読むはずはないと踏んでいた。ただちょっとした偶然のようなきっかけから、私が封筒の裏にある慶州という地名だけを知ってしまうとは、想像できなかったのだ。

「手紙の中には私の過去が書かれている……私の過去は大っぴらにできるものじゃないから。たとえ通りすがりの他人にでも、読まれるのは嫌だ」

見知らぬ国の見知らぬ町。トンテグという名の見知らぬ駅。同じ皮膚の色をし、同じ顔をしながら、一言も理解できない言葉をしゃべっている見知らぬ人々……私は彼らの、出来損ないのレプリカのような気がしながら、混乱から適当な言い訳をした。いや、その返事の一部分は本当だ……私は両親と岩本が黴菌のように巣くっている自分の過去を恥じているし、自分に向けてさえ、その過去を大っぴらにすることはなかったのだ。昨夜から、謎の女・立石侑子に対してはっきりと拒絶の言葉を口にできず、むしろこちらの方が姿勢を低くしてしまっているのは、彼女が私の過去を知ってしまっているという、ただそのことのためだけだった。私の低姿勢は妻との関係にもあるが、それも妻はもしかしたら私の過去に気づいているかもしれないという不安が絶えず私にあったからだ……一番の恥部を見られてしまった患者が看護婦や医師に弱気になるように、私は自分の過去を知る人間……知る可能性のある人間に対して、いつも機嫌をうかがうような卑屈な態度をとり続けてきた。

もっとも私がそんな風に考えたのは、電話を切り、駅からキョンジュ行きのバスに乗りこんでからだった。

立石侑子には「明日の夜、プサンに行く。列車に乗る前に必ず電話をかけるから、キョンジュに来て私を探すのはやめてほしい」と頼み、それでも彼女は電話を切る直前まで私が一人で無事にキョンジュに着けるかどうか心配していたが、それから丸一日間の慶州行は静寂な町に似合った平穏さのうちに終わった……。

キョンジュにはタクシーで向かおうと、トンテグ駅前でタクシー乗り場を探していると、大学生らしい若い日本人の一団がバスを待っている。夏休みを利用したゼミ旅行か何からしい……彼らの会話から慶州に向かうことがわかったので、引率している教師らしい四十年配の男にバスの乗り方を尋ねてみると、親切に切符の買い方まで教えてくれた。

車窓をまた田舎の風景が流れだすと、西に傾いた陽がこの回り道に似た旅の平穏を約束するように、優しくなった。丘陵のゆるやかなうねりや緑をびっしりと繁らせた木々……その合間に見え隠れする民家。日本ではめずらしくなった石を積み重ねた塀や茅葺きの屋根。トラブルは、ただ、私の頭や体の中で起こり続けた。バスが発車した瞬間、これで立石侑子から本当に離れていくのだと思うと、不意にまた彼女を抱きたくなった。

私の体にはソウルでかいた汗が冷たい湿りとなって残っていたが、不快感と心地よさが奇妙にいりまじった中から、欲望が唐突にわきあがり、体に溢れた……本当なら、そんなことよりも彼女がさっきの電話で口にした言葉の意味を考えなければならなかった。彼女はただ、「もし中まで読んでいたら、二人が今生きているかどうかなんて訊かなかったはずだわ」と言っただけだ。二人の生死について、直接の回答はしていない……だが、彼女のその一言は、四十年近く前、母の方は死んでいたことを物語っているのだ。あの手紙に母が生きているようなことが書かれていたとしても、四十年経った今もまだ生きているかどうか、私には知りようがない。だから、立石侑子の言葉が意味を持つのは、手紙に母の死が書かれている場合だけだ。手紙を読んでいれば母の死は知っており、その生死を彼女に問う必要などなかったのだから。

四十年前、すでに母は死んでいた。おそらくこの国に渡って間もなく、病気か何かで……今パスポートと共に私の上着の内ポケットにしまってある手紙は、岩本が母の死を日本に知らせるために慶州の寺から出したものだろう。既に母は死んでいた……そのことは、この突然の韓国への旅だけでなく、私の人生の方向までも大きく狂わせる重要な意味をもっていたはずだ。なぜなら、この旅の一番の目的は私を産み落とした一人の女を殺すことであり、この四十年間、私が生きていた一番の理由もまたそのことだったのだから。

それなのに、突然その目的も理由も、何の意味もなくなってしまったのだ。本当ならバスの中で私はそのことをもっと考えなければならないはずだった……もしかしたら岩本が母の遺骨を納めるために仏国寺を訪ね、そこから日本の私の『父』に手紙を送ったのかもしれないと考えた私は、バスのすぐ近くの席に坐った大学の助教授だという男に、

「慶州にある仏国寺という寺には、一般人も納骨できるんですか」

と尋ねてみた。

「いや……古刹ですから、一般人は無理だと思いますが」

それなら、なぜそんな寺から岩本は日本への手紙を書いたのか……考えなければならないのはそのことのはずだった。それなのに、大学助教授から慶州の歴史についていろいろと話を聞きながら、私は立石侑子の体を思い浮かべ、その体を抱きたいと、ただそのことばかりを考えていた。不意に欲情は、何かの熱病のように私に襲いかかり、下半身のうずきは痛みとなって、彼女から離れたことを私に後悔させた……昨日の晩、黒いスリップのようなドレスの下に隠されていた肌、立ち上がったり坐ったり、彼女の動きに合わせて、黒い絹地の表面を波紋のようにたゆたった光沢……窓の外の風景に溢れた白い夏の光。私の下半身にしみのように広がっている数時間前の汗の湿り。

母は、私の中では、四十年前ではなく、たった今死んだのだ。そして死んだ母は形見のように、その淫蕩な血を私の体の中へ残していったのだ。母はほんの数十分前死に、

その血は突然、私の体の中で別の生命を得たようによみがえったのだ。だから私は、四十年前、母が年下の朝鮮の若者に溺れたように、今、それと同じ血の沼で一人のまだ若い女の体に溺れようとしているのかもしれない……私はもしかしたら、立石侑子の気を惹くために……彼女の体を手に入れるために、トンテグの駅で列車を下りただけなのかもしれない……そう思った。

……そう思ったのかもしれない。ああいう離れ方をすれば、彼女はいっそう私に執着するようとするだろう……また今夜も慶州中のホテルに電話をかけて私を見つけようとするだろう……「さがさないでくれ」という電話での私の言葉は、逆に「さがしてくれ」という意味だったのかもしれない。

ソウルの老タクシー運転手が言った『ダホ』という、どこかハングルと似た響きをもった語が頭に残っていたのだろう、私は、「昨日の晩、一人の女に拿捕されたのだ」と、胸の中でそう呟いた。昨日の晩、ホテルのエレベーターの中に彼女の体が黒いシルエットを浮かびあがらせた瞬間から、この国や私の過去のすべてはただの言い訳にすぎなくなったのではないのか。母も岩本も、父が私の妻に遺した手紙も、プサンも、慶州も……立石侑子というその女が何者かということさえ。

十七、八の若者のように、彼女の体だけが意味となり、私はその体に飢えきっていた……その体だけが、自分が今この瞬間生きている理由だと思えるほど。初めての国のバスの中で、突然苦しいほど下半身に燃えさかりだした欲望に、私は恐怖すらおぼえた……死んだ母が私の体の中に生まれ変わり、四十年前に燃やした火をもう一度燃えあがらせているのだ……そうとしか思えなかった。

いつどんな時にも、私の中には自分の知らない私がいる……そのバスの中でも、見知らぬ私は不意に一人の女の体に飢え、欲情の激しさに痛みさえ覚え、苦しみ始めたのだった。

バスは確実に私を慶州へと導こうとしていたが、私はあの一匹のトンボがいったい私をどこへと運ぼうとしているのか、まだ知らずにいた。

＊

昭和××年、最初の韓国旅行から帰って間もなく、僕はその印象を某新聞社からの依頼で三枚のエッセイにまとめた。ソウル、慶州、プサンと初心者向きのコースを一泊ずつしていっただけの平凡な旅だったが、それぞれの町で南大門市場、仏国寺、釜山《プサン》港の夜景が印象に残ったと書いた後、次のように続けている。

○

このわずか三景が、しかし僕には韓国三景と呼びたいほど印象的な絵だった。僕は

「民族」という言葉が好きである。中にいるからわからないのかもしれないが、日本人というのはこの言葉が一番欠けた国民だという気がしている。体臭（もちろん精神的な意味でのだが）が薄い。少なくとも現代では一番「らしさ」の感じられない国民である。僕にはそう思える。ソウルの年末の、アメ横の賑わしさと混乱を何倍も大掛かりにした市場、慶州の、芝居の書き割りのように整然とした寺、釜山の夜景、どれにも「らしさ」があり、「民族」の色と匂いがあった。初めての韓国旅行で感動したのはその点だった。

そのせいか、思い出す三景には、必ず人が立っている。ソウルでは、料理店で、日本で言うなら瞽女《ごぜ》唄のような歌を琴をひきながら歌ってくれた若い女性が記憶に焼きついた。盛装のチョゴリで洗練されすぎてはいたが、その歌が韓国の土から生まれてきた歌だと感じさせる素朴さが声にあった。

仏国寺には本堂を守っているおばあさんがいた。堂の隅で金色の仏像を見あげていると、「こっちへいらっしゃい」と扇風機のある方へ呼んでくれ、小一時間ほど日本のことをあれこれ聞かれた。貧しそうな身なりだったが、静かな声で品のいい日本語を喋る人だった。何も特別なことは喋らなかった。最後に「今、日本への飛行機代は幾らですか」と聞かれて答えると、ため息になった。日本との関係で何か歴史をもっている人のようだった。その歴史が優しい顔に仏像と同じ澄んだ光でにじんでいる気がした。

釜山では焼き肉屋へ連れていってくれたタクシーの運転手さんが、昔漁船に乗っていて拿捕された話をしてくれた。その時優しくしてくれた日本人が今度は韓国側に拿捕されて偶然再会したという、小説にもできそうな劇的な話を、平たい人の好《よ》さそうな顔で淡々と語ってくれた。この人にも歴史があり、海一つ隣の日本が遠い国らしかった。逆に僕の目から見ると、この人たちの素朴さが遠すぎる気がした。東京の、それも狭い世界に囲まれて暮らしているせいか、久しぶりに「人間」の顔や声と出会った気がした。

さきに書いた「らしさ」とは、人間らしさなのかもしれない。この三人の顔をあてはめると、僕の韓国三景は絶景になる。(後略)

○

二十年近く前のエッセイだから、今とは違うかもしれない……いや、記憶というのも二十年も経てば様変わりしてしまうもので、今読み返すと、記憶に残っている韓国旅行とはかなり違う。

何か、他の人の旅行記でも読む印象があった。その最も大きな理由は、旅行中に起こった二つの重要な事件が記してないからだ。枚数も少なかったし、発表の場が新聞だったし、当時は活字や放送での差別表現が厳しいチェックを受け始めたころで、自主規制するより他なかったのである。……と言っても、二つの事件は共に、僕の頭の中だけで起こったもので、同行した編集者やカメラマンも気づかなかったと思う。一つは既に紹介した別のエッセイに書いたが、仏国寺からの帰路、ムクゲの花の盛りを見ながら、ふと、子供のころに死んだ遊び友達のTのことを思いだし、本当は祖国であるこの国に帰って今も生きているのではないのかと考えたことである。

もちろん、初めての韓国旅行でいささか感傷的になっていたせいだろうが、そんな風に考えてみたというのは、僕にとって大きな事件だった。それ以降、プサンの町でも自分と似た年恰好の韓国男性を見ると、もしかしたらと目を止め、足を止めた。顔などほとんど忘れてしまっていたし、たとえ憶えていたとしても、あの頃とは別人のようになっていただろうが、本当にTなら、何か僕にだけわかるサインのようなもの……僕の視線だけがその顔にあぶりだせるものがあって、Tだと判別できるにちがいないという確信があった。なぜそれが何の根拠もないのに確信になりえているのか、わからないまま……。

それはたぶんTの側も同じで、日本人観光客を見るたびに、もしかしたら皆、日本にいたころの遊び友達ではないかと目を止めてくれているような気がしてならなかった。雑踏の中ですれ違うようなことがあれば、すぐに足を止め、ふり返り、相手がどう変貌していようと昔と変わりないものだけをたがいの顔に認め、次の瞬間には笑いかけ、肩をぶつけあっているだろう……そんな夢みたいな想像図をプサンの一日に描きこんでしまったのだ。

エッセイに書いた韓国三景の顔にもう一つTの顔が加わり、僕はいつか将来、仏国寺のおばあさんや拿捕体験のあるタクシー運転手と共にTのことを小説に書こうと決心したのだが、さらにもう一つ……他ならぬ僕の父の顔がこの時の旅行の思い出には加わっているのだ。

この旅行は八月に入って間もなくのもので、韓国は日本同様、夏の盛りだった。ムクゲの花の盛りでもあったわけだが、なぜか、仏国寺ではもう一つ、秋の花が盛りを迎えていたのだ。……いや、正確には確か花穂《かすい》と言うのだ。ススキが一叢《ひとむら》、土塀を背に白銀色の穂を光らせ、波打っていたのだ。

最初からススキとわかったわけではない。着ていたTシャツが汗でびしょ濡れになるほどの真夏なのである。「まさか」と思いながら、汗をぬぐいぬぐい近づいてみると、やっぱり……ススキだった。いや、ススキに似ているだけで、別の植物だったのか。それとも記憶を美化し、炎天下でぐったりしているだけのススキにプラチナ色の光を与えてしまっているのか。それともまた、狂い咲きのようなことがあの仏国寺のススキにだけ、起こっていたのか。

ただ一つ確かなのは、その一叢を見ながら、死んだ父を思いだしたことである。ススキと父にはどこか似たところがあり、初めて商業誌から注文をもらって父についてのエッセイを書いた際も、題名を「芒《すすき》の首」とした。

「父について何か書きたいと思っていた。そう思っていたのは、しかし、父については何も書くことがないからである」

そんな前置きで始め、家族から顰蹙《ひんしゅく》を買うほど父について本当のことを……次のように書いた。

○

小学校のころ、父のことを〝あの人〟と言って、担任教師に注意を受けたことがある。最近の子供でも珍しいことだから、先生には奇異、というより生意気に聞こえたのだろう。確か父親のことを尋ねられ、〝あの人のことはわからない〟そう答えたのだと思う。

その返答は、しかし、子供心の本音だった。なにしろ、それ以前に父が僕に語った言葉の記憶といえば、もっと小さい頃、落書きで人の顔を描いていたら、〝人間の首はもっと太いものだ〟突然背中にかかったその一言だけである。驚いて振り返ると、父はもう何も喋らなかったような素っ気ない横顔だった。と言っても別居していた、というのではなく、狭い家の中、父はいつも僕の手の届く所にいた。ただ極度の人間嫌いと、無口で唯一の息子の僕にも何も喋らなかったのである。大変な酒乱で毎晩のように暴れまわり、母や姉たちとの間にはそれなりのしがらみもあったのだろうが、子供の頃の記憶は自分中心になる、家族の誰にも背を向けていたような気がする。

（中略）

記憶を探っても、その背は何も語らない。いや、思い出すのは諦めている。その頃も、何も語らない空しい背は、摑みどころがなく、僕の方でもほとんど声をかけなかった。

歳月だけが流れ、僅か五言ほどの言葉を交し合っただけ、父と僕はそんな風に終わってしまった。父は僕がどこの大学に行っていたか、知らなかったし、僕の方でも死後、父が案外高齢だったことに驚いた。酒を飲む以外何もしない人生では老けこむこともなかったのだろう、苦労した母と並ぶと弟のように若く見えた。

父は、大学の最後の年に死んだ。胃潰瘍で一年ほど若い頃の酒乱の罪を償うように苦しみ通したが、死に際は無口な人に似合って静かだった。幾片かの骨に、人の命などあっけないものだ、という感慨はあったが泣けなかった。泣き声をあげるには静かすぎる関係だった。死ぬ三日程前、父が〝あのシャツばかり替えている若い人は誰だ〟と僕のことを尋ねたと、母に聞かされた。夏の真っ盛りで、汗搔きの僕は父の枕元でシャツを替えてばかりいたのである。意識が朦朧《もうろう》としていたのだろうが、〝あの若い人〟という言葉には、父の側でも僕を見ていた、その二十余年の視線がある。〝あの人〟と〝あの若者〟とは、生涯にたった五度、挨拶にもならぬ言葉を交わして、離れたのだった。家は死後、人手にわたり、父の遺してくれたものと言えば、残高二千円の古びた貯金通帳と、酒に強い体質と、一個の腕時計だけである。

その腕時計は、私用でたった一度上京した機、別れ際に、何を思ったのか、〝これ、やるよ〟許可を求めるように母の方を向いたままで渡されたものである。父は僕がアレルギー体質で時計をはめられないことを知らなかった。感傷で考えるなら、その腕時計だけに、あの人の父親らしい顔がある。もう体も弱くなっていた。〝形見のつもりだったんだろう〟後で母が言ったが、本当にあの時、父は異郷の都会で久しぶりに見た若者が自分の息子だったことをふっと思い出したのかもしれない。

いやそれも感傷だろうか。唯一の財産である、舶来のその品を酒代の質草にいつも使っていたから、酒を飲めなくなって持っているのが辛かっただけだろう。とすると、やはり僕は父について何も語ることがないことになる。腕時計は結局一度もはめぬまま、この間何年かぶりに抽き出しから取り出したら、もうネジを巻いても動かなかった。

譬《たと》えるなら父は芒である。花も咲かせず秋風に音もなく揺らぐ、あの細さで生涯を閉じた人である。〝人間の首はもっと太い〟と言いながら、父自身は男としては首が細長かった。その首を少し右に傾げる癖も芒である。

父の遺したもう一つのものが、その芒の首だと、葬式写真ができた時に知った。黒枠に囲まれた写真の父と同じ角度で、前に座った喪主の僕は、首を右に傾《かし》げているのである。

＊

慶州は砂色の町だった。

もちろん木々の緑は豊かだが、私の目には丘陵のあちこちに覗く土の、どこか砂のような白さや道の白さばかりが焼きついてきた。もともと土が砂質なのか、夏の太陽に焼かれ、土の表面が乾ききっていたからなのか……。

町というよりも、日本でいうなら奈良、それも一昔前の片田舎といった素朴さを残した奈良を思わせる古都だ。

紀元前からの歴史を誇る町であり、仏国寺はそんな長大な時間を、豊かな色彩や様々な意匠の中にコンパクトに詰めこんだ、歴史の箱庭とでも呼びたいような寺だった。

広い山門の隅に立ち、私はその寺にまた、老兵、それも老将軍と呼びたいような風格を感じもした。そして、その土地に私が『砂』のイメージを抱いた一番の理由は、歴史の古さに『老い』という言葉を感じとったからかもしれない……。私にとって『老い』というのは、人の肌が白く乾いていき、その体が表面から少しずつ砂に化していくことである。体の芯までが砂になり、ただの砂人形に過ぎなかったかのように一陣の風にすべてが舞い散り、消滅する……それが、私にとっての死だ。

人の遺骨や……遺灰が砂に似ているからかもしれない。逆にまた私は、砂時計を見ると、砂の形に結晶した時間の流れに、老いや死を感じとり、砂ではなく遺灰が流れ落ちていくような錯覚に陥ったりする……。

そのせいか、仏国寺の山門に立ち、私はまた「砂上の楼閣」という寂しい言葉を思い浮かべた。山門も寺のお堂も極楽を想わせる華麗な色彩に塗られているが、華やかなだけに、それはふしぎな寂しさを隠し持っていた……色は夏の光に洗い落とされ、私の目にはその白い、枯れ果てたような寂しさだけがにじんできた。

それは、もしかしたら前日の夕方、慶州に着いてから、私がずっと父親のことばかり考えていたせいかもしれない。慶州に着いた私は、結局、日本人学生のグループの一員に加えてもらったかのように彼らと行動を共にした。彼らが予約してあった仏国寺近くのホテルに空室を見つけて投宿し、翌朝早く、また彼らと一緒に仏国寺を見て回ったのだが、その間、しきりに父親の顔が思い浮かんだ。

前日、私が立石侑子に感じた欲望は束の間の火花のようなもので、バスが慶州に着く頃には、体から消えてしまっていた。四十を過ぎてから、私の性欲は一時的に若かった頃以上の激しさで私を苦しめながら、気がつくと嘘のように体から引いてしまっていたりする……学生グループの一人が偶然にも彦根の出身だということもあって、ホテルでの食事の後、しばらく彼らの談笑につきあい、十時前には部屋に戻ってベッドに上がった。立石侑子が私の泊まったホテルをさがし出して電話をかけてくることもなかったし、私の方からも連絡をしなかった。慶州の底のない静寂に包まれ、韓国での第二夜は無為に過ぎていった……私がベッドに上がる前に唯一したことは、問題の手紙を（正確にはそのコピーを）破り捨てようとしたことだけだった。学生グループの中に韓国語に堪能な者がいると聞くと、私は手紙を読んでもらおうかという気になり……その衝動こそが何より私を苦しめていることに気づいたのだった。

その手紙がある限り、私は何が書いてあるのかとおびえながらも、それを読んでみたいという衝動に駆られ、苦しむことになる。思いきって破ってしまおうと思い、手を二枚の紙にかけ……その間際になって、私の手は止まった。そうして、半端な恰好のまま静止している自分の手を見守りながら、私は初めて、父はこれと似た行為を何度その後半生にくり返したのだろうと考えたのだった。

手紙を誰かに訳させようとして怖くなり、だったら破り棄ててしまおうとして、やっぱり怖くなり……。

私は父の（正確には『父』と呼んでいた男の）手をよく憶えている。平凡な人生に似合った平凡な手……毎日、郵便局で消印を捺し続けていた手。家の中でも一日の終わりに日めくりを一枚破り棄てるためだけにあった手。単調なくり返ししか似合わなかった手。手としての役目しか果たそうとしなかった手……自分の妻である女をいつもつかみ損ねていた手。他の男と逃げようとしている妻にさえも伸ばそうとしなかった手。

私は父の手に目をとめるたびに、なぜか父の手と自分の手が似ているような気がして、本当はもっと似ているはずの岩本の手がどんな手だったろうと考えたものだ……トンボを引き寄せるふしぎな力をもった手。私とキャッチボールをしてくれた手……そして母の体をまさぐっていた手。

ただ、慶州のホテルでも、翌朝回った仏国寺でも私は岩本のことは一切考えなかった。母のこともふしぎに頭に浮かばず、私はただ父のことばかり思い出していた。特に一団から離れて一人本堂の裏庭のような所に迷いこみ、意外にもススキの一叢を見かけた時だ……。

意外にもというのは、季節は真夏なのにススキが白銀の穂を光らせて、そこだけが秋のたけなわにあったからだ。しかも一叢といっても、ススキはちょうど土塀の上辺からなだれ落ちるようなふしぎな恰好に植わっていた。

小径に沿って低く流れる土塀は、上辺が瓦屋根になっていて、あちこちで瓦が割れ、崩れ落ちようとしているのだが、その一カ所にススキの種子が飛んできて根づいたのか。

あぶなっかしい姿勢のまま生い繁り、盛りを迎えている。ススキのような草に『盛り』という言葉を使うのは変かもしれないが、穂が白銀色に光っているのが目にはまぶしく、地面に届くほど大きく波打っている様にも勢いがあって、いかにも盛りと呼ぶにふさわしい風情である。

そこだけ秋風が吹いている……真夏なのに、そこだけ秋が一陣の風となって流れている。

そんなことを思いながら、私はあの列車の中で、父がふと、自分の手首から腕時計をはずした時のことを思い出したのだった。はずした腕時計を私の手首にはめてくれた優しい手を……数分後に着いた駅に私を棄てようとしていたとは想像もできない、ただ優しく暖かかった手を。

8

あの列車の中で、父は私のまだ幼かった手に腕時計を握らせ、ただ無言だった。

「くれるの？」

と私は訊いた。

父はやはり黙っていた。母が父を詰《なじ》った言葉のうちで一番よく憶えているのは、「あんたは、顔にまで公務員の制服を着ているね」という父の無表情をあてこすった言葉だが、その時も父はそんな事務的な無表情をしていた。父は私を彦根に棄てていこうとしていたのだが、子供を棄てるということが、郵便物の種分けと変わりない作業だというように……。ただ私に腕時計を握らせようとした父の手は、ふしぎにあたたかくて……私はその、体温に似た奇妙なやさしさに、父の私への憎悪を感じとっていた。

もちろん『憎悪』という言葉など知らない年齢だったが、それでも子供ごころに、

「嫌われている……この人はボクを棄てようとしている」

そう感じとったのだろう。

私は父に……正確には『父と呼んでいた男』に、その時計を突き返した。

いや——。

時計を返そうとしたのは、次の駅で降りた後のことだ。

列車の中では、それを握りしめ、ただ真向かいに坐った父の顔を……私からかすかに目をそらして車窓を見ていた父の顔を、同じ無言と無表情で見ていただけだ。父の顔の向こうを琵琶湖が流れていた。そんな記憶がある。白金色の光にまだらに染めあげられて、湖は豪奢な生地に似ていたが、その裏地のようなうす闇の中に父の顔はあった。疲れて窓ガラスに頭をもたせかけているように見えたが、いつもの癖で首を少し右に傾けていただけだと私にはわかっていた。

私は、父と同じ角度になるように首を傾げてみた……父の顔がちょうど鏡に映った顔になるように。そうして父と同じように、視線を窓の外へと意味もなく棄てた。

たぶんそれが、私が意識的に父を……あの男の仕草や表情を真似た最初だろう。たぶんその日、私はもうその男が自分の本当の父親でないことには気づいていたのだ。その日……母の一周忌だったか何かの理由で、私は父に連れられて母の実家がある彦根に前日から赴いていたのだが、父が母の家族にひどく冷たい距離をおいていること、両者のあいだに絶えず気まずい沈黙が落ちることを敏感に感じとっていたのだ。それなのに夜中に目を覚ますと、父と伯父が何か言い争いをしていたこと……その諍《いさか》いの中に何度もイワモトの名が出たこと……。

そんな様々から、私は自分がその男の子供でないことを感じとっていたのだろう。イワモトが同じ彦根の出身だということ、母は昔、大津の女学校にかよっていたが、その当時イワモトも大津に出ていて、不良のような暮らしをしていたこと……私は父からも祖母からも母の昔のことは何一つ聞いたことがなかったし、母の死後一度だってその過去を調べたりしたことはなかったから、母やイワモトに関する知識は、たぶんその晩、彦根の家での父と伯父との喧嘩から得たものだと思う。……私は同じように、父が唐突に腕時計をくれたことに、私を棄てようとしている意思を読みとり、生き延びるためにはこの男とそっくりの男にならなければいけないと、本能的に感じとったのだろう。中学校の頃から、私は陰で、父の喋り方や声音《こわね》、ちょっとした指の動きまで真似る訓練をし、表情が似れば顔自体まで似た印象を人に与えるのだろう……「哲郎君はこの頃、お父さんと瓜二つになってきたね」と人から言われるようにもなったのだ。

もっとも、その琵琶湖沿いを走る列車の中で幼い私がそこまで考えているはずもなかった。私はただ、私から逸らした目で、父が何を見ているのだろうと好奇心を燃やし、父と同じ顔をし、同じ角度に目を伏せて、視線を棄てれば、父と同じものが見えるのかもしれない……そんな風に考えた記憶がある。だが、鏡の中に入りこんだようにその視線をそっくり真似てみても、線路脇の草木が車窓を一瞬のうちに通りすぎていくだけで、子供の目では何もとらえられなかった。この人が見ているものをボクはいくら目つきを同じにしても、見ることはできない……だからやっぱりボクはこの人の子供ではないのだ。そう思ったような記憶がある。

次の駅で、父は、「忘れ物をしたから、彦根に戻ろう」と言って私の手をひいて列車を降り、しばらくして下り列車が着くと、私を抱き上げるようにしてデッキに乗せ、自分だけがホームに残った。父はそんな自分をごまかすように、その場にしゃがみこんで靴のひもを結び直した……私の顔が見られなかったのだ。車掌が発車の合図を出すと、父はやっと立ち上がり、顔をあげて私を見た。そしてその目がかすかに引きつったのを私はよく憶えている。

私の方でも何も言わず、ただもらった腕時計を返そうと手をホームの父へと伸ばしただけだった。

だが、父は手を差しださなかったし、列車は既に動きだしていた。いつもより頰がこけて見え、目尻をかすかに痙攣させただけで無表情なままだった父の顔に、悲しみか絶望に似た影を与えていた。父が私を棄てようとしたのではなく、私が父をその駅に棄てようとしている……そんな気がした。

結局、私は彦根には戻らなかった。次の駅でまた列車を降りると、上り列車の到着を待って乗りこみ、その駅に戻った。わずか一時間ほどのことだったろうが、秋の日はすでに沈みかけ、ホームには暮色がおりていた。そう……秋だったことは間違いない。ホームといっても、無人駅で、朽ちかけた木のベンチが一つあるだけだったが、柵のむこうにススキの穂が無数に波打っていたのをはっきりと思い出せる。ベンチに腰をおろした父は上り列車が到着したというのに、立ち上がろうとせず、私が下車したことにも気づかない様子だった。

私は近づき、腕時計を父の顔のすぐ前に差し出した。父はちらっと目をあげたが、何も見なかったかのように無表情のまますぐに視線を逸らし、じっとしていた。そんな雨ざらしの彫像にも似た父を、何かの怒りで荒々しく逆立ったようなススキの穂波が飲みこもうとしていた……何かの怒り？　何の怒りだったのか。たぶん父自身の怒りだったのだろう。まだ三十前だったというのに、父の人生はその田舎駅で錆びつこうとしていたのだから。

私は泣きだしていた。自分がここへ戻ってきたのは、腕時計を返すためだけで、別に家まで連れ戻ってほしいからではない……そう説明したかったのだが、それがうまく言えそうになかったので、泣きだすほかなかったのだ。腕時計を差し出したまま泣きながら、父は私からも、誰からも逸らしたようなその目で何を見ているのだろうと、やはりそんなことを考えていた。

父はやがて、目を逸らしたまま腕だけを伸ばしてきて、私を抱き寄せた。痩せた腕では私の泣き声をかばいきれず、私はそれでも泣き続けた。

　列車は出発し、積み忘れられた荷物のように私たちだけが、夜の気配が濃くなった田舎駅のホームに残されていた。

＊

『芒の首』というエッセイの中で、僕の大学時代、上京した父が東京駅で腕時計をくれた話を唯一の父子らしい思い出話として書いたが、父のこの時の上京のことを、僕は別のエッセイでもう少し詳しく書いている。

　雑誌『銀座百点』から銀座に関するエッセイを頼まれ、僕は生まれて初めて父と二人だけで歩いた街が銀座だったことを思いだし、その時のことを書くことにしたのだ。

　僕が四十代半ばになってからのことだが、ある雨の日に銀座四丁目の交差点から京橋に向けて歩き、映画館に入った。その昔はテアトル東京というシネラマも上映できる大きな映画館だったが、とり壊されて今はビルの中の小さなロードショー館に生まれ変わっていた。空腹だったので、ロビーの売店で何か腹の足しになるものを買おうと思ったのだが、運悪く、サンドイッチもポップコーンも売っていない。仕方なく煙草を吸って口さびしさをごまかしていたら、ふっと二十年以上前のまだ大学生だったころ、上京した父とその映画館に一緒に入ったことを思いだした……そんな前置きの後、『銀座の雨』

と題したそのエッセイで、次のように書いた。

○

何の用での上京だったかはもう憶えていない。東京に用があったのは母のほうで、父はたぶんほかに何もすることもないから母に誘われてついてきただけだったのだろう。

孤独癖が強く、僕の記憶にある父の姿というと、家族の誰にも背を向け、部屋のすみに小さく敷いた万年床の上で、本を読んだりラジオを聴いたりしていた寝巻き姿の背中だけである。極端に無口でもあり、家族と一緒に暮らしながら一人暮らしと変わりなかった。

母にまで気もちも口も開こうとせず、子供の目には夫婦とは呼べない淋しい夫婦として映っていたのだが、僕が東京で大学生活を始めるころには、死が近づいているのを悟ったのか、気もちをいくらか軟化させ、母が旅行に誘うと黙って肯くようになった。

東京にも二度来ている。（筆者註。『芒の首』では父の上京は一度になっているが、この違いには大した意味はない）

その二度目の上京の際である。帰りの夜行列車に乗るまで四時間近く時間が余ってしまった。日比谷に出て母を芸術座でやっていた芝居に送りこみ（『華岡青洲の妻』の初演だったと思う)、父と二人芝居が終わるまでの時間を潰さなければならなくなった。「何をしたい?」と訊いても何かを答える人ではないとわかっていたので、

「少し先に東京一の映画館があるから」

とだけ声を投げて僕は先に歩き始めた。生まれて初めて父と二人きりになったことに照れたのだろうが、父のほうはどうだったのか。初めて見るはずの銀座の灯にも興味のなさそうな顔で、ただ黙って自分より背の高くなった息子についてきた。

映画は戦争アクション巨編だった。割合におもしろい映画だったが、途中で父はひょいと席を立った。トイレなのかと思ったが、なかなか戻ってこない。心配になって出てみると、ロビーの隅で父は煙草を吸っていた。

「退屈なら出ようか」

と声をかけると、「いや、俺はここで待ってるから大丈夫だ」目だけでそう伝えてきた。坊ちゃん育ちの父は人生を棒に振った後もどこか品を保っていて、六十代半ばのそのころもまだ充分二枚目だったのだが、大劇場の豪華なロビーの隅ではただのみすぼらしい田舎者に見えた。東京の片隅に置き去りにするようで気がひけたが、僕は場内に戻り、映画が終わって出ていくと、父はやはり同じ隅で、ぼんやりと何本目かの煙草を吸っていた。

たったこれだけの話だが、父が死んでしばらく、やたらとそのときの父の姿が頭に浮

かんだ。誰もいないロビーの隅というのが、父の生きていた場に似合いすぎていたから
かもしれない。

あの一時間、あの人は何を考えていたのだろう。見知らぬ都会の一隅で、自分の終わってしまった人生のあれこれを、繕い物でもするように小さくふり返っていたのではないか。子供に愛情がなかったとはいえ、一人ぼんやりと淋しかったのではないか——。

いくら考えても答えが見つからないまま、やがて忘れてしまったのだが、二十何年間、記憶の外に捨てっ放しにしてあったその小さな疑問を、新時代のビルに生まれ変わった映画館のロビーで僕はふと拾い直してみたのだった。

不思議なもので、今のほうが逆に答えが出せそうだった。あの時、父は淋しかったのではない。人に囲まれて映画を見ているより、誰もいないロビーに坐っているほうがずっと楽な心地よい時間だったのだ。他人にはいささか哀れに見えた隅の場が、父にとってはいちばん安らげる、たぶんいちばん幸福な場だったのだ。二十年が過ぎ、いつの間にか僕は父と同じことをしている。頑なに見えるほど人に会わず、家に閉じこもってぼんやりしている。人の集まる場所では隅を選び、映画館でも映画を見る時間より誰もいないロビーで煙草を吸う時間を選んでいる。傍目《はため》にどう映ろうが、それが何より心地よい場であり時間であることを、当の自分がいちばんよくわかっているのだから。

僕はその日たまたま二十何年か前の父の現場にいたわけだが、僕の体の中にもいつも

父の生きていた現場がある――。

そう考えて僕はちょっと笑ってしまった。

あのとき、父は今の僕と同じように空腹で、列車に乗ってどんな駅弁を食べられるか、ただそんなことを考えていたのではないか……。

推理小説を書いていても現実の推理が当たった例がないが、この想像だけは案外当たっている気がした。

父の謎に関しては、息子がいちばんの名探偵だろう。

映画館を出ると夜になっていた。雨のせいでいつもは遠い銀座の灯が身近に見えた。

○

このエッセイを書いてからさらに十年以上が経ち、名探偵は父の謎に関して別の二つの答えを考えている。父がなぜ、家族にも孤独な背をむけ、後半生を送ったのか……すでに執筆時に二つのもっと確かな答えをもっていたのだが、一つは掲載する雑誌には不適切な暗すぎるものだったし、もう一つは母に読まれてしまう心配があったから、敢えて切り捨て、無難な三つ目の答えでごまかした……と言ってもいい。

父はまだ若い頃……僕が生まれるずっと前に出征しており、戦場でかなり悲惨な体験をしている。父自身から直接聞いたのではなく、父の甥にあたる人から聞いた（その人も悲惨な体験の詳細は知らなかった）のだが、そう言われれば、父は最晩年よくテレビを見ていたものの、戦争に関するニュースやドラマになると、パッとチャンネルを変えてしまったし、一度ラジオから君が代が流れだした時、すぐにスイッチを切ってしまったことも記憶に残っている。そんな父には、東京一大きなスクリーンに映しだされる戦場や殺戮の実写そっくりの迫力が我慢できなくなった。だからロビーに逃げた……それは間違いないようだ。

ただ父が生きる気力みたいなものを消失してしまったのは、戦争だけが理由ではない。父は母とは再婚であり、母の前に別の女性と二年間ほど結婚生活を送っている。元号が昭和に変わって間もないころのことだと言うが、その前妻とは相思相愛の仲であり、わずか二年とはいえ、幸せな結婚生活を送り、子供もできた。ただ若い二人の夫婦としての幸福が、父の実母の幸福にはつながらなかった……むしろ、息子と嫁の幸せを片鱗すら認めることのできなかった姑が、子供ごと嫁を追い出して、二人の（子供をふくめて三人の）幸福を引き裂いてしまったようである。

父の実母はコトという名で、明治三十六年に父を私生児として産んでいる。もともとこの女性は、岐阜の寺の一人娘として生まれ、一旦は寺を継いで墨染めをまとったものの、我儘いっぱいに育って身に付けてしまった派手な性格は墨染めで包み隠しきれるものではなく、妻子ある男と特別な関係になって子供を作り、結局は寺を棄て、その子供を連れて名古屋に出てきた……その子供が成人し、最初の結婚をする昭和初期には、名古屋駅前で小さな旅館を女将として切り盛りしていた。コトがいったいどんな経緯で墨染めを脱ぎ棄て、旅館の女将の座についたのか……は、今もまだ詳細を調べていないし、父の挫折物語とはあまり関係がないので省かせてもらう。

書いておきたいのは、旅館の若主人として帳場に据えた一人息子が、宿泊客よりも自分のめとった女ばかりに目を向けるのが、コトには我慢ならず、その悋気《りんき》の火をやがては嫁を追い出そうという決心にまで燃えあがらせたことだ。戸籍上は私生児となっているだけに、コトは人並み以上の愛情を一人息子に注ぎこみ、若主人として帳場に据えたといっても、実際の仕事は全部自分がやり、真綿の座布団の上に人形のように飾っておいただけである……その人形が、嫁をとって初めて血のかよった人間として生まれ変わった。コトにはそれが許せず、結局、子供が生まれて何とか言葉が喋れるようになって間もなく、息子の留守中に嫁とその子供を追いだしたのである。

旅行から戻ってきた息子にコトは「あの女にはやっぱりウチへ嫁ぐ前から惚れあっていた男がいたんだよ。お前が旅に出ると知って、その男を呼び、逃げたんだ」と言った。「それにしても図々しいと思わないか。相手の男は客として一番の部屋に泊まり、そこで逃げ出す算段をして、一番のごちそうを平らげて、酒も浴びるように飲んで、あげくはその全部を踏み倒して逃げたんだから」そんなことまで言い、息子は大きな衝撃のうちにそのたくみな嘘を鵜呑みにしてしまった……失意のどん底で息子はそれまでたしなむ程度だった酒におぼれるようになり、それを慰めるふりをしてコトは名古屋近郊の農家から働く以外取柄のない娘を連れてきて押しつけたのだが、もちろん前の嫁より器量の数段劣った田舎娘では何の慰めにもならず……そんなさらなる失意の中に、召集令状が届いたのだった。

僕の父は、つまり、中国大陸という戦場と、本物の戦場にくらべればそこに吹き荒ぶ砂塵の一粒の意味もない『家』という戦場の中で、生きる気力のすべてを失ったのだ。僕は終戦から三年目に生まれているが、僕の生まれるかなり前に、二つの戦場を経験して、父は既に敗残者になっていたのである。

それでも戦後、父は前妻を見つけだして家を出た本当の経緯を知り、関係を取り戻すとこの前妻のもとに足繁く通うようになる。そしてそれが後妻である僕の母の知るところとなり……戦後はこの母の戦いの歴史となるのだが、それはまた父をもう一人の主人公にしながらも父を無視して繰り広げられた別のドラマである。

父の後半生をススキの生い茂る廃墟にしてしまったもの。

その一つが最初の妻と別れたこと……もともと父にそんな一人目の妻がいたことを、僕は父の死後、ある人物から聞かされるまで全く知らなかった。母は父の死後もずっとそのことを口にしなかったし、僕がまだ何も知らずにいると思いこんでいる……。母が死ぬまで沈黙を守るつもりでいたのだが、すでに九十を越して目も見えなくなりかけている母が、僕の書くものを読む心配はいっさいなくなったので、ここに書かせてもらうことにした。ただし、偽悪者ぶってわが家系の恥部をさらけてみせたわけではない。僕は、まだ幼い当時からそんな風に働かずに、家族の誰にも背を向けていた父のことを……他の家の父親とはあまりに違った父のことを、決して嫌ってはいなかった。『芒の首』というエッセイの中では、かなり冷淡な目を向けていたように書いているものの、どこかでそんな父の孤独すぎる背を理解し、受け入れていた。

＊

私は仏国寺の土塀に生い茂ったススキを見守りながら、あの時、無人駅のベンチにススキと同じ細さで坐っていた父を思いだし、戻ってきた私を抱き寄せた父がいったいどんな思いでいたのかを考えてみた。だが、いくら考えても答えは見つからなかった。あの時、列車から降りてベンチへと歩み寄りながら、子供の私の目には、じっと動かずにいる父の姿が、本当にススキとなって、その小駅のホームに根をおろしてしまったように見えた。私に言えるのは、同じように父が私を抱き寄せた姿勢のまま、自分の人生に根をおろしてしまったということだけだ。父はそれ以後三十数年間……私が成人した後も、私を本当の子供のように自分の腕の中に包みこみ大切にしてくれたのである。その溺愛ぶりの異常さこそが、絶えず私に『この人は本当の父親ではない』と覚らせてしまうとは気づくことなく……。

道端にしゃがみこみ、ぼんやりとそのススキを見守っているうちに、意識がうすらいできた。太陽の真下にいたせいで、熱射病にでもかかったのかもしれないと思いながらも、私までがススキとなってそこに根をおろしたように動くことができず……意識はどんどん金色の絵の具に塗りこめられていった。あの時の太陽の色だ……あの時、暮色のおりた小駅には、それでもまだ二つの色が残っていた。ススキの穂波の白銀色と遠い空の端に沈みかけていた太陽の金色……夕映えはどこにもなく、ただ暗く翳った空に金泥の印鑑でも捺したように貼りついていた夕日……その金泥一色の世界に、何かの物語が生まれ……いつの間にか、私はその物語の中で一つの役を演じ始め……やがて、

「大丈夫ですか」

という女性の声で、我に返った。

いや、我に返ったというより、目を覚ましたのだ。道端にしゃがんだまま、私はいつの間にか眠りに落ちていたのだった。

昨日からずっと行動を共にしている日本人学生グループの一人の女性と、もう一人、私と一番親しく言葉を交わし合った彦根出身の男子学生が、立ち上がった私をまだ心配

そうに見守っている。私が何もなさそうな本堂の裏手へと姿を消したまま、なかなか戻ってこないので、心配して見に来たのだと言う。

「日射病にでもなったんですか」

「いや、ただ急に眠くなっただけだ……ほんの一、二分のあいだだと思うが、夢も見たし、夢の内容もちゃんと憶えているから」

そう答え、私は空を仰ぎ見た。天空のいただきに上りつめた太陽は、白金の光にかすんで、正体をはっきりと見せなかった。

「白日夢だね。こんな太陽の真下で、眠って夢を見るなんて初めての経験だ」

本堂へと戻りながら、私はそんなことも言った。その時は、それ以上質問をしてこなかったが、一時間後、ホテルに戻る途中で、女子学生はさりげなく私に近づき、「本当に大丈夫ですか、気分悪くありません？」と声をかけてくれ、

「さっきは何の夢を見たんですか」

と訊いてきた。

「…………」

「もう忘れました？　真昼の夢なんて夢の中でも特にはかなそうだから」

彼女の笑顔に付き合うように笑って、「いや、よく憶えてるが……どうして他人の夢なんかに興味をもつのかと思って」と訊いた。

「笹木さん……でしたよね。最近離婚なさったでしょう？」

声がさりげなかっただけに、私はその唐突な言葉に驚き、足を止めた。私は初めてその女性……というよりもまだ娘と呼んだ方がよさそうな女子学生をよく見てみた。顔立ちも服装も平凡で、外見はどこにでもいる女子学生の一人でしかないが、眉や唇の端がきりっとあがっているところに、意志の強さが感じとれる。

「どうしてわかったんだ。いや……まだ離婚はしていないし、一昨日の晩ソウルから東京にかけた電話で初めて離婚話をしただけだが」

彼女は私の左手をとり、

「だって、薬指に最近指輪をはずした痕があるから」

と言った。私は『おや』と思いながら、その指に目を凝らした。はめていたはずの指輪がいつの間にかなくなっている……あるのは、その痕だけだ。皮膚が輪の形に黒ずんで、指輪の影だけが残っているように見えた。

いつはずしたのか。いや、いつ失くしたのか。

昨夜、イワモトの手紙を破ろうとして、自分の手に目をやった。その時には結婚指輪が無くなっていることには気づかなかった。ということは、指輪は昨日の時点ではまだそこにはまっていたということなのか……それとも指輪のことなど意識の外になっていて、すでに無くなっているのに気づかなかっただけなのか。

今年に入ってから、食欲が以前のようにはなくなり、気がつくと何キロも痩せていた。検査を受けたが、ガンとか病気の心配は一切なく、何か精神的なストレスがあるのでは……と医師に言われた。指輪が食い込むほど太かった指も、いつの間にかほっそりとしている。春ごろに指輪がゆるくなったから落とさないように気をつけないと、と自分に言い聞かせた記憶があるから、落としたとしたらそれ以後のことだ。指輪を最後にちゃんと見たのがいつだったのか思いだせず、私は諦めて笑った。

ソウルから東京にかけた電話で、妻の一美が「既に離婚届を準備してある」と言うのを聞いて、私は突然すぎる話に驚いたが、本当は突然でも何でもないこと……結婚生活が終わっていたことを、私の体は知っていたのだ。私の左手の薬指でも、結婚生活はいつの間にか消え、余韻のような淡い影しか残していなかった……。

どこかで落としただけだと聞いて、

「仏国寺かしら。戻って一緒に探しましょうか?」

彼女はそう言ってくれたが、私は首をふった。「もっと以前に東京で失くしていたのに、今まで気づかなかっただけかもしれない」

彼女は困ったように顔をしかめている。

「それにしても、どうして赤の他人も同然の僕の離婚に興味があるの?」

私の質問に、彼女はかすかな微笑で「別に大した意味は……」とごまかすように首をふり、仲間のもとに戻っていき……ちゃんと質問に答えてくれたのは、それから二時間後のことだった。

二時間後、フロントでチェックアウトし、キョンジュ駅へ向かうためにホテルを出ようとした時、彼女がロビーに一人だけいることに気づいた。私を見送ろうと少し前からそこで待っていたと言う。

ホテルを出たところにある喫茶店に入り、私は彼女から、「実は今、飯島君に来年卒業したら、結婚してくれないかと言われているんです」と聞かされた。飯島というのが、私が一番親しく会話を交わした男子学生である。結婚相手としては理想的な好青年であり、私はもちろん、賛成した。

「ただ一日のつきあいでは、彼の裏までは覗けなかったから、最終的には僕が賛成しても何の役にも立たないだろうけど」

そう断ると、彼女は「違うんです」と笑った。

「相談してるわけではないんです。ただ、さっきちゃんと質問に答えてなかったから……私、迷っていて。結婚したい気もちとしたくない気もちがちょうど半分ずつで、決心がつけられなくて……。昨日の晩、笹木さんのその指の痕に気づいて、離婚した人だという想像が当たっていたら、彼とは別れよう……もしそうじゃなかったら、プロポーズにうなずこうと思ってたんです。すみません。失礼なこと訊いてしまって」

「いや、大丈夫だ」

私は笑った。「しかし、そういうことだったのなら、もっとはっきりした返事をしてあげなければいけなかったね。離婚しかけているというような半端な返事じゃなく」

「まだ迷っているんですか、笹木さんの方も」

「ああ。妻はもう決心したらしいんだが、私の方はつい一昨日まで幸福な結婚生活だとしか意識したことがなかったから」

十分ほどで喫茶店を出ると、ホテル前のタクシー乗り場に向けて歩きながら、「むしろ、東京に戻って君の方の決心がついたら、さっき教えた携帯に連絡してくれないか。君が結婚することにしたのなら、私も今の結婚生活を何とか維持するよう努力してみるし、君が彼と別れるなら、僕もあっさり離婚届に署名捺印することにするから」と冗談ともつかぬ顔で言った。

「わかりました。……でも、笹木さんの方が先に決心がついたら、電話して下さい」

「ああ。決心がついたらね。迷ったまま、離婚しているかもしれないから、その時はかけないけど」

私たちは最後にまた微笑を交わしあって別れた。タクシーに乗りこみ、後窓を遠ざかり始めた彼女に向けて手をふったが、すぐに車は角を曲がり、彼女の姿は消えてしまった。その時になって、私は質問にまだ答えていないのは自分の方だと思い当たった。仏国寺からの帰路、彼女が「さっきはどんな夢を見ていたんです」と訊いてきたのを思いだしたのだった。

私は自分の手を見た。指輪の痕を見るためではない。指輪のことなどもう忘れていた……私はただ、夢の中で触れた母の体の色や感触……金泥の色と感触とがまだ手に生々しく残っている気がしたのだ。

9

それはどんな優しさにも潜む悲しみだったのか……かすかな悲しみ。ある種のさびしさ。

それとも逆に、どんな悲しみもその隅に隠しもっている優しさ……慈愛のような優しさだったのか。

仏国寺の小径で自分の見た夢が、優しさだったのか悲しみだったのか、私は知らなかった。夢というより、最初、それは幻想か空想、いや、ただの物思いのように始まった。炎天のもと、私はススキがなだれ落ちるように密生していた土塀を、屏風絵か襖絵のように見守りながらしゃがみこんでいたのだが、やがて「あっ」と小さく叫んだ。ススキにばかり視線を集中させていた私は、いつの間にか土塀のむこうに白い人が立っているのに気づかなかったのだ。

女性だ。白い麻の作務衣のような服を来た五十過ぎの女は、髪を後ろで束ねていた。人生の苦労を物語ってか、髪は脱色でもしたように白くなっていて、『白い人』という印象は、服の白さよりもそんな白髪からきているようだった。ススキそっくりに白く枯れながらも、最後のきらめきを見せている髪……その人は手招きしながら、「こっちへいらっしゃい」と巧みな日本語で告げると、私の返事も待たず、背を向け、歩きだした。木立の奥の方へと……。

私は土塀の崩れかけた一隅から中へと入り、その人を……背中から見るといっそうただの白い影としか見えないその人を追った。

もしかしたら日本人かもしれないと思いながら。

奥の院というのか、木立に囲まれたお堂のような建物の中にその人は入って行くと、外で足をためらわせている私に向けて、また野良犬でも呼ぶように、小さく手招きした。靴を脱いで上がると、意外に広く板張りの床が続き、回り廊下のむこうに玉砂利を敷き詰めた庭が広がっていた……奥には仏壇があり、人の背を越える大きな仏像のようなものが置かれているらしいのだが、蔀《しとみ》は庭に面したもの以外、みんな閉じられているので、奥のあたりは闇に包まれ、確かな正体はわからない……紀元前からの何十万もの夜がそこに吹き溜まり、黒よりもさらに黒く黴ついてしまったような闇。その時刻、太陽はほぼ真上から照りつけていて、仏国寺の白い庭を歩き回る参拝客から影を奪っていたが、そういう人たちの影が、この仏壇の闇へと逃げ場を求めて群がってきたのかもしれない……さっき土塀沿いの道に棄ててきた私の影も、私より先にここへ逃げてきたのかもしれない。

「日本から観光に来たのでしょう?」

隅に坐った私のもとへと冷茶を運んできてくれ、その人はそう訊いた。

「仏国寺は初めて?」

「ええ、韓国も初めてです」

その寺のことや日本との気候の違いや、当たり障りのない話が続き……しばらくして、

「今、日本からの飛行機代はいくらですか」

その人は唐突にそう訊いてきた。

私が、前々日成田で払ったチケット代を答えると、その人は「そんなに高いのですか」とため息をつき、韓国語で何か喋った。ひとり言ではない、かすかに背後をふり向き、誰かに向けて声をかけたのだ。『そんなに高くては日本になどとても行けないわね』とでも言うような落胆した声で……。だが、そこには誰もいない。少なくとも私にはその『誰か』が見えない……そして、私には見えない誰かが本当にそこにいるのなら、それは男にちがいない。私はそう感じとっていた。白く枯れているように見えながら、その女性は今もまだ美しく、その美しさは男がそばにいなければ何の意味もないような……巧く言えないが、男に見つめられたり抱かれたりしていないと美しさとして存在しえないような美しさなのだ。あの時の母に似ている……イワモトの体を背に影のように

貼りつかせ、幼い私に向けて「お前を棄ててやるよ」と言った時の母に。

私は話しながら、この女性はやはり日本人なのではないかと疑い始めていた。その人の日本語にはかすかに硬さがあって、だから日本人ではないと考えたのだが、日本人でありながら長いこと韓国語しか喋らずにいたとすれば、こんな少し錆びたような日本語になってしまうのかもしれない。しかも……日本人であるだけでなく、私の母親なのかもしれない……そんな気までしてきた。顔は五十代にしか見えないが、髪の白さから見れば、もう六十代にはなっているようだし、それなら私の母であってもおかしくない……。

「日本には息子がいて、もう長いこと会っていないから、一度会いにいきたいと思ってるんですよ。そう……ちょうど、あなたと同じくらいの年齢の息子が……」

現にそんなことも言ったのだ。そう言い、私の顔をしげしげと見つめ、「ねえ、この人、私の息子に似ていないかしら」今度は日本語で背後の誰かに向けて訊いた。

私はその目がまぶしくなり、視線をそらしながらその人の後ろを見てみた。瞬間、心臓に暗いしずくが落ちた……同時に、眠りに落ちていた私の意識は一点だけ覚め……これはただの夢なのだと思い始めてもいた。なぜなら、その人の背後にはさっきまで何もなかったのに、今は布団が敷かれ、誰かが眠っていたのだから。いや、眠っているのではなく、死んでいる。薄い掛け布団から出た顔は、白布で覆われていた……今死んだばかりのようだ……そしてその人は死人に向けて喋りかけている……いや、違う。死んでいるのはその人自身だ。なぜなら、今まで私のすぐ前にいたその人の姿は、もうなくなっているのだから。それなのにまだ喋っている……声だけが聞こえてくる。

「私の息子は、この寺に植わっていたムクゲの樹を掘り返して、根こそぎ日本へもっていってしまってね。ちょうど今頃の花ざかりの時季で、日本にいる誰かにその花を見せにいくのだと言って……馬鹿な子だよ。日本へ着くまでに花はみんな散ってしまうだろうに」

白布の下で、唇だけがまだ生きているのだ……そしてそんな声と共に、白布に唇の色だけがにじみだしてきて……私の心臓はもう一度、冷たいしずくの音を立てた。死に化粧をほどこした顔から口紅だけが、その白布に浮かびあがってきた……。

私はもう間違いなくそれが自分を棄てた母だと思い、「生きてるんだろ、死んだふりなんかして……もう四十年もずっと死んだふりをして」不意にこみあげてきた怒りから、母に殴りかかっていった。だが、布団の上から殴りつけた瞬間、突然、母の体は形を変えた……ひどく小さく、ひどく卑小に。抱きあげるというより、私はその体をそっと手にとった。掌《てのひら》に載るほど、その体は小さくなっていた。しかも異様にやわらかく、ふしぎな光に包みこまれている……体の放つ光がまぶしすぎて、光の陰に体が隠れてしまっている。やっと目がわずかに馴れて、その体が見えてきた……体というより、それは人形だ。金色の人形……熱く溶けた金でできた小さな像。まだ金はなまあたたかく、完全に固まってはおらず、私がちょっと手を動かせば、子供の小指ほどのその首など簡単に折れてしまいそうだ……溶けたどろどろの純金が、ほんの一瞬、何とかぎりぎり人の形に結晶し、その形を保っている……。

死んでしまった母が……その肉体を失ってしまった母が、今なお必死に、どんなに小さくてもいいから人の形としてとどまっていたいともがいているようでもあった。といって苦しんでいるのではない。こけしほどの小さな顔は、子供のように無垢であどけなく、可愛らしくさえあるのだ。不意に私には、こみあげてくるものがあった。四十年のうちに、私が体の内の死角に置き去りにしておいた間に、あの残忍な、鬼のような女は、こんな変貌をとげていたのだ……子供の私に「棄ててあげるよ」と言い薄く笑った一人の女は、今、その子供の手の中で、こんなに小さく、こんなにまばゆく輝いている。かつてその女が私を産み、四十年が経ち、今度は私がその女をこんな人形のような小さな生命として産み落としたのだ……そんな気もした。私はそのふしぎな生命が何とか人の形を保ち続けられるよう……崩れたりしないよう指先に体中の神経を集中させた。私は痛みに似た不安を覚えながら、同時に安らぎに似た優しさに包みこまれていた。うまく言えないが、悲しみと優しさが一つの同じ感情であって、二色の絵の具が混ざりあうように、どちらの色ともつかぬ一つの色となって私の胸にあふれていた。

まだ固まっていない純金の感触が私に、幼い頃、小さな手でまさぐった母の体を思い起こさせたのかもしれない。

夜の暗闇の中で何か恐ろしい夢を見ながら、必死にすがった母の乳房……そのやわらかさに子供の私が感じとっていた不安と安らぎ。特に、母がイワモトと会った晩、その乳房にはいつもと違う得体の知れないやわらかさがあり、いつも以上の不安と安らぎを……悲しみと優しさを、私の幼い指はさぐりあてた。そんな記憶がかすかに残っている。白日夢の中で、私はその記憶を反芻《はんすう》し始め……やがて不安と安らぎのどちらかから……もしかしたらそのどちらもから、涙を目に溢れさせ、だが、その涙が零れ落ちる間際に女子大生の声で目を覚ました。

夢の中で泣き出しそうになっていたとは自分でも信じられないほど乾いた目で私は大学生のカップルを見返したのだが、今また同じ乾ききった目で、プサン行きの列車の窓を眺めている。夢の中で感じとった不安は、まだ私の指先に残っている。車内販売で買った缶ビールをつかんだ指に……。冷えきったビールとその不安で私の指は痺れていた。私は金色の人形の、あの溶け落ちそうな不安なやわらかさから逃れるために、母よりも父やもう一人の母のことを考えようとした。

ほんの二日前まで、私は生母のことなど完全に無視し、父の後妻となった笹木民江という女性を唯一の母として生きていたのだ。継母と言えばいいのか、この新しい母は、十年前、父より早く身罷《みまか》ったが、父と再婚してから最期の床につくまで、私には本当の母親のように優しく接してくれた。一度だって私に向けて声を荒げたり、恨み言を言ったりはしなかったが……しかし、逆にその優しさに私は他人を感じ続けていた。父の寛容な手に優しく包みこまれながら、いつこの手に突き放されてしまうのかと心配し続けたように……。

新しい母はもちろん、父が先妻と別れた本当の事情について知っていたようである。父に似合った地味な、おとなしさだけが取り柄の人で、容姿も人並みより劣り、女としての色香のようなものは微塵も感じさせなかった。だからこそ父は再婚相手にふさわしいと考えたのだろうが、この人にも私や父から隠していた女の部分はあったのである……いや、私のいないところで、父に対しては何度もそういう部分を吐露することがあったようだ。

一度、偶然立ち聞きしてしまったのだが、父が何かの料理のことで「この味つけは、どうも私の口に合わん」という言い方をした時、

「あなたは頭も体も、前の奥さんと一緒だったころから抜け出せずにいるんですよ。特に舌は今もまだその女のことを忘れずにいるようですね」と棘をふくんだ言葉を返している。

父が何か不満を口にするたびに、この後妻は自分と前妻が較べられていると僻むのか、

不機嫌に黙りこんでしまうので、そのうち父は口をつぐみ、不満を腹に溜めこむようになった。後になって思えば、私の生母はそんな風にこの夫婦に影を落とし、継母は口に出さなかっただけで、自分たち夫婦の結婚生活にしみのような影を落とした一人の女のことを、死ぬまで憎み通したのだ。

継母のそんな気もちを敏感に察知していたのだろう、私は生母に関しては何の記憶もなく、思い出したくてもそのよすがすらないという言い方をし、生母への憎しみが私への憎しみに変わらないよう心がけた。私はまだ中学生だったから、何とかこの新しい母親の機嫌をとって、この家の一員として生き延びなければならないと考えたのだろう。その甲斐あってか、私は可愛がられ、世間を騙せるほど二人で仲の良い母子を演じつづけたのだが、世間は騙せても自分たちの本心までは騙せなかったようである……私が一美と結婚して数年後、この母は癌で倒れたが、最後のころ、私が見舞いにいくとひどく素っ気なく壁に向けて寝返りを打ち、私に口をきくことすら厭うようになった。

嫁としてその病床に付き添っていた一美は、「鬱症状が出ていて、誰に対してもあんなだから気にしないでいいわ」と言っていたが、死後看護婦さんから、

「お母さんはもう息子のあなたのこともわからなくなっていて、『あれは誰ですか、私に何か恐ろしい注射をしようとしているから、絶対に病室には入れないで下さい』というようなことまで言ってましたね」

と聞かされた。看護婦さんは「意識が混濁していて、あなたが見舞いに来る夕方ごろが一番酷かったから、そのせいでしょうが」

と慰めも言ったが、私はそれが母の本心であり、これまでも私を可愛がる優しい顔の裏で、最期の床で見せたのと同じ背中を継子に向け続けたのだと思った。と言ってこの母を責めるわけにはいかなかった。私の方でも、母の体を心配するふりをしながら、癌だと知らされた時にも動揺することはなかったし、病床の母が背を向けるたびに、むしろホッとするものを覚えてもいた。

この母の死は、会社での会議中に一美から電話で知らされたが、その瞬間から今日まで、十年間、母の死を悼んで泣くことは一度もなかった。会議が終わるまで三十分待ち、私は「ちょっと用ができたので」と言って会社を出ると、地下鉄で病院に向かった。

＊

一昨年の大晦日である。

老母の介護に追われて正月の準備もほとんどできずにいたのだが、それでも玄関にだけは新しい年が訪ねてきてくれるようにと、三和土《たたき》の脇にある古びた下駄箱を掃除することにした。下駄箱というよりガラクタの詰め込み箱と化していたが、何年かぶりに隅の隅まで片づけながら、僕は埃まみれになった手をふっと止めた。

新聞紙の包みから、まだ真新しい母の下駄が出てきたのだ。

鼻緒のくすんだ臙脂色から連想するのは、六十代になった初老の女だろうか。母が本当にその年代で買ったものなら、そのうちに履く機会があるだろうと思いながら、結局、玄関の隅っこで、三十年ぶんの埃をかぶり、眠っていたことになる。

一年最後の夜が迫った玄関に腰をおろし、木目も鮮やかな桐の下駄を手にしながら、僕はため息をついた。九十を過ぎ、歩行の困難になった母が、二度とこの下駄を履いて外出することはないだろうと思うと、親が老いるということに、それなりの息子としての感慨があったし……昔、女ものの下駄について書いたエッセイを思いだしたからだ。

書いたと言っても、頭の中で書きあげただけで、自らボツにし、文字にすることのなかった原稿である。陽の目を見ることはなかったものの、玄関の隅に見つけた下駄同様、埃まみれのまま頭の隅に眠らせておいた原稿には、下駄に関する実話が二つ書いてある。

一つは、女ものの下駄といっても、子供用の玩具のように小さな下駄の話である。僕の父方の祖母が、一人息子の留守中に嫁と孫を追いだし、息子（僕の父）には「昔の男と一緒に逃げた」と嘘をついた話は、既に書かせてもらったが、嫁が追いだされることになったその問題の日の朝である。外出した祖母のコトは、しばらくして女の子用の下駄を買って戻ってくると、孫の小さな足に履かせ、

「この子は言葉が遅かった代わりに、歩行は他の子より早かったね。私からのお祝いだよ」

と言った。自分の血も流れこんでいるはずなのに、コトはこれまでこの初孫のことも、憎い嫁が産んだという理由で可愛がることなどなかったから、珍しいその優しい言葉に、嫁の汀子（仮名）は辛抱した甲斐があったと喜び、何度も頭をさげて礼を言った。だが、初めて下駄を履いてはしゃぐ孫に、コトは相好を崩しながら、その笑顔のまま、

「まだ転びそうで危なっかしいが、大丈夫、お母さんが手を引いてやれば、自分の足でこの家を出ていけるよ。まだ小さいとは言え、背負って出ていくには重すぎて、アンタが可哀相だからね。一人で歩けるようになるまで、待っていてやったんだよ」

と言った。僕が生まれるずっと以前、戦前の話だから、もちろん、人から聞いただけなのだが、話を聞いた瞬間、頭に小さな下駄の鼻緒がピンクの花模様で浮かび、その色は、祖母の残忍な笑顔と共に、実際に見たかのようにはっきりと、今も記憶の印画紙に焼きついている。……そしてもう一つ。他ならぬ僕の母にも、もっと残酷な下駄の思い出話がある。

終戦後、父と前妻の関係が再燃したのを知って嫉妬の黒い火を燃えあがらせた母は、父が前妻に逢いに出かけるのを阻むために、玄関に置かれた父の下駄の鼻緒を噛み千切るような真似までしたという。現実にそんな場面に出くわしたのでなく、後に叔母から

そう聞かされただけなのだが、この場面も記憶の中では、やはり本当にこの目で見たかのような生々しさをもっている。ただし、幻（？）のエッセイに書いたもう一つの下駄というのは、この父の下駄ではない。

母はそんな風に父の下駄の鼻緒を嚙み千切りながら、実は自分の下駄の鼻緒を嚙み千切っていたことに気づかずにいたのである。

その後、間もなく、母は僕を連れて映画館から家に戻る途中、「あの女が私の下駄の鼻緒を嚙み切った……だからもう歩けなくなった」突然そんなわけのわからないことを言いだし、下駄を脱ぎ捨てると、桜並木の一郭に坐りこみ、その道だけでなく、人生を歩くのまでやめてしまったのだった。

＊

立石侑子に連絡をしないまま、私はプサンに到着した。

謎めいた一人の女に連絡すべきかどうか、列車の中でもまだ答えを出せずにいたのだ。彼女と接触すれば、私の人生の謎は簡単に解き明かせる……だが、その謎を解き明かすことが、私にとっては古い棺のふたを開くように恐ろしかったし、どうしてもそのふたを開かなければならないのなら、自分の手で錆びついた錠をこじあけ、中がどんな状態かは、この目で確かめたかった。遺体に似た形をした一つの過去が今もまだ腐敗し続け、吐き気を催すような異臭を放っているか、それとも腐敗が終わって美しく白骨化しているか、それともまたすべてが土に還って跡形もなくなっているか……その答えを、他人にすぎない彼女の口から聞くのは嫌だった。

私が彼女の口から聞きだしたい答えは唯一、この私と体を通して愛し合えるかどうかだけだった……私の誘惑にどう答えるのか。

要するに、私は彼女を抱きたかっただけだ。プサン駅のホームに降り立つと、暑さというよりも熱風のような熱さが襲いかかってきた。熱風は私の欲情を煽り、一瞬のうちに彼女の体への渇きを痛みに似た残酷なものに変えた。

私は、彼女が棺の中についてどんなことを語っても構わないから、ともかくこの痛みに似た欲望を鎮めるために、彼女と連絡をとりたいと願った。願いながらも、しかし、脱獄囚のように……酷い怪我を負いながら病院に行くのをためらう脱獄囚のように、私は最後の決心をためらっていた。

だが、意外なことに二分後にはその答えが出た。その二分間は私が、プサン駅のホームを歩きとおして改札口にたどり着くまでの時間だ。長いホーム。日本のホームとは違って、英米の映画に出てくるような大地とほぼ同じ高さの、私にはなぜかドラマチックに思えるホーム。私はこういう韓国の駅とホームが好きだった……そしてそれは、立石侑子という一人の女のためだ。彼女が日本名であろうと、日本に住んでいようと、私は彼女が日本人でないことを確信していたし、日本人には絶対にない光るような美しい肌をもった彼女を通して、この国のすべてを愛することができるような気がした。

プサン駅の長いホーム。まだ見ていないプサンの町。港。ソウル。キョンジュ。列車の窓を通過したすべての町、すべての風景。私の歩いたすべての道。歩かなかったすべての道……それから、もしかしたら生まれた瞬間から私の中にあったのかもしれないこの国の断片。

改札口を出たところには降車客を出迎える人の群れがあったが、立石侑子は、その群れの中にいて、誰かを出迎えようとしていた。誰か……もちろん、それは私だ。

考えてみれば、キョンジュからプサンまでの列車はそれほど本数があるわけではない。彼女が駅まで来ていることは予想できたはずだ。

かなりの人だかりだったのに、私が彼女にすぐに気づいたのは、手にまたあの、私の名前を書いたボード……いや、ただの画用紙のような紙を持っていたからだ。しかも名前の間違え方まで同じだった。

佐々木哲男様。

彼女の方では、すぐそばに近づくまで私に気づかなかった。私は斜め背後から、彼女の肩に手をおいた。彼女はふり向き、他人でも見るようにふしぎそうに私を見た。

私が微笑すると、彼女は少しだけ緊張を解いた。紛失した重要な商品が手に戻ったのでホッとしたのだ。肩の線が、柔らかくなった。昨日と同じノースリーブを着て、むきだしになった肩が……。その手が私の腕をしっかりと摑み、駅の出口へと引っ張っていった。外に出ると同時に、「なぜ」と彼女は訊いた。

「なぜ……」

だが、その一言を二度くり返しただけで、彼女は諦めたように首を横にふった。

「どうしたんだ？」

「何を訊いても、きっと答えてもらえないわ」

「それはわからない。昨日一日で私にもいろいろと変化があったから、今日は答えるかもしれない。だから訊いたらいい……なぜ何の連絡もしなかったかと訊きたいんだろう？」

「ええ」

「大した理由はないんだ」

そう答え、だが、すぐに首を横にふった。

「大した理由かもしれない。君に逢いたくなかった」

「なぜ？」

その質問に応えたのは、彼女がさげていたバッグの中の音だった。携帯電話の着信音だった。私たちは駅前で立ち話をしていたのだが、彼女は「ごめんなさい」と言って、電話に出た。私の耳を避けるように何メートルか離れたので、日本語での会話なのかもしれないと思ったが、二、三分が過ぎ、私が何となく彼女の方に足を向けると、韓国語で話す声が聞こえた。……彼女は電話を切り、もう一度「ごめんなさい」と謝った。

「ホテルはまだ決めていないのでしょ。だったら昨日から私が泊まっているホテルに部屋をとって……まず少し落ち着きましょう」

今度も彼女は、私の返事を待たずに、私の腕を取り、タクシー乗り場の方へ連れて行こうとした、私はその手を自分の手で解き、立ち止まった。

「君と同じホテルはいやだ。さっき、君に逢いたくなかったと言ったのを忘れた？」

彼女は首を横にふり、「そう、それを訊こうとしていたんだわ」と呟いた。

「どうして私に逢いたくなかったんですか」

「君に逢ったってどうにもならないよ。君を抱きたいんだが……どうにもならない」

そう答えてから、自分の声が真面目すぎたことに気づき、ただの冗談だと言うようにちょっと笑った。

私の言葉が解せなかったのか、無言の灰色の目が、ぼんやりと私を見つめ返した。

「ホテルより港に連れていってくれないか。日本とこの国を隔てた海を、この国の側から見てみたい」私はそう言い、彼女をその場に置き去りにして歩きだし、止まっているタクシーに乗りこんだ。

運転手がすぐにドアを閉めようとするのを、私は止めなかった。彼女とまた別れることになれば、それはそれでいいと思ったのだ。だが、ドアが閉まると同時に、彼女は駆け寄ってきた。

ドアを叩き、運転手に向けて韓国語で何か怒鳴るような大声で喋った。再び開きだしたドアから、彼女は割りこむように入ってくると、運転手にまた何か言った。

車はすぐに走りだした。

「なぜ、どうにもならないなんて言ったの」

慌しい声は、怒っているように聞こえた。

「私は中年なのに君はまだ若い。中年男が若い女を誘惑してもどうにもならないじゃないか」

「すべての若い女が拒むわけじゃないわ」

そう言い、思いだしたように運転手の方を見て、何か訊いた。短く運転手との間で韓国語が行き交った。

「大丈夫。日本語は理解できないから」

とまどっている私に向けてそう言い、「なぜ、私が拒むと考えたんですか」と訊いた。

「一昨日の晩、ソウルのホテルで君は私の強引な誘いを拒んでいる」

「さっき、今日は違う返事をするかもしれないと言ったのはあなただわ。私にも昨日のうちに変化が起きたとしたら？」

彼女はそれから、「あんなに強引に誘っておきながら、どうして中年男には勇気がないなんて言い方をするの」とも言った。

「あの時は、本気じゃなかった。妻との離婚の理由が欲しくてあんな言い方をしただけだ……それにあの時は君をまだ韓国の女性だと思っていた。韓国の女性を商品のようにお金で買う真似だけはしたくなかった」

彼女はもう「なぜ」とは訊かなかった。私がなぜそんな言い方をしたのか、彼女の方が私よりずっとよく答えを知っているはずだ。

その目はただ私を見ている。私はやはりすべてを冗談にするために笑おうとしたが、唇の端が痙攣しただけだった。私はその醜悪な笑みをごまかすために、車窓に目を向けた。

窓ガラスの向こうに、初めてのプサンの町が流れていた……車の中で馬鹿な会話を始めた日本人には何の関心もないというようによそよそしく、運転手がハンドルを切るのに合わせて、車窓の街並が大きく旋回した。車は坂道をのぼりだし、その先にホテルらしい砂色の高層ビルが聳えていた……沈みかけた太陽を割り砕いて。

「港へ行ってほしいと言った」

私の言葉に彼女は「いいえ」と首をふった。

「あまり時間がないわ」

「何の時間？」

彼女はあきれたように大げさに目をみはり、「私を誘惑しておきながら、何をする時間かなんて訊くの」と言い、かすかな笑い声を唇から投げ捨てた。笑い声の冷たさだけが、彼女の言葉が冗談ではないことを物語っていた。

「私は誘惑なんてしていない」

彼女はまた笑った。

「誘惑よ、あれは。中年男には誘惑なんかできないなんて、中年にしかできないしたたかな誘惑だわ」

車はホテルの玄関に横付けになった。

「時間がないっていうのは、どういうこと？」

私は慌しい声でそう訊いた。

「夜の便で奥さんが、東京から来ることになっているの。七時には空港まで迎えに行かなければならないから」

「……………」

「私は離婚の理由なんかにされたくないから、今から三時間のことは、奥さんにはもちろん黙っていて」

早口でそう言い、運転手に料金を払うと、ホテルの従業員が開けたドアから先に降りていった。今度は私が車の中に置き去りにされたのだ……いや、彼女ではない。私を置き去りにしたのはあのトンボだ。運転手が何か韓国語で喋ってきたので、私は車を降りたが、その場に佇み、彼女の背がホテルの回転扉に巻き込まれて消えていくのを、見送るように見守っていた。事実、彼女は私の知らない場所へ、ひとりでどんどん行ってしまったのだ。

彼女が言うとおり、私はプサンの駅前で彼女を誘惑したのだろう。だが、こんな風に簡単にその誘惑を受け入れるのは、私の知っている彼女ではなかった。初めて空港で見かけた時の他人に戻ってしまったような気がした……あの時、彼女はまだ他人だったし、手にしたボードの『佐々木哲男』という男も、名前が似ているというだけのただの他人だった。だが、今は違う。その『佐々木哲男』は私なのだ……。

いや……。ホテルの回転扉に向けて歩き始めた私は、その足を止めた。いや、本当にそうだろうか。その時になって、立石侑子がこのプサンの駅でも画用紙に間違った名前を書いて私を待っていたことの不自然さが、気になってきた。彼女が待っていた『佐々木哲男』は、やはり、私ではないのではないか。

10

佐々木哲男。

もし私以外にもうひとりササキテツオが存在し、彼女がその男のことを待っていたのだとしたら？……駅で彼女は私を見て、信じられないといった顔をしたし、その後、誰かに見つかるのを避けるように私を駅の外に連れ出し、携帯で誰かと喋っていた。その誰かが、私と同じ列車でプサンにやってきたもう一人のササキテツオだったという可能性はないのだろうか。

タクシーから降り立った場所に両脚を釘づけにしたまま、私の頭は突然忍びこんできた疑問符に占領されてしまった。プサンの陽は大きく西に崩れ落ちようとし、足もとから影は、長く、石畳の坂をすべり落ちていった……突然やってきた一人の日本人に怯え、身を隠すように。影は長く、私は自分をひどく小さく感じた。そしてそんな卑小な自分をひがんだのだろう、影がひとり歩きを始め、私をおきざりにしてどこまでも伸びていくように思えた。影だけが海を越え、国境線を越えてこの国にたどり着き、この国の土をつかんだのだ……日本人の私はまだ成田空港の床に引かれた一本の線のこちら側に取り残されている……私は本当の意味でまだこの国に来ておらず、時々それに思い当たってはは自分のいる場所を見失い、こんな風に立ち止まってしまうのだ。佐々木哲男というのは、私の分身と言っていいほど私と似た形をもち、似た動きをしながら、決定的に私とは違うこの影の名前なのだ……私はそう感じた。彼女、つまり立石侑子は、私より先にこの国にたどり着いた私の影を、インチョン空港やプサン駅で待っていたのかもしれない……。

日没間際で太陽は鮮烈な光を浴びせかけてきた。光はかすかに湿りを帯び、海が近いことを感じさせた。無風状態なのに光は透明な生き物のようにうごめき、一人の男の影を信じられない長さでホテル前の坂道に流していく。私はこれまで日本人としてふるまってきたが、そんな私が隠し通してきたもう一つの人生が、この国の土とやっと出遭い、私から逃げだしていったのだ。影は黒い生命をもち、これまでも私とは違うもう一つの人生を生きてきたのだった。佐々木哲男というもう一人の私がすでに……笹木哲郎である私より早く、この国の土を踏み、その土に貼りつくように、土を抱くように生きていたのだ。無風の嵐……嵐の真っ只中の無風状態。ちょうど台風の目の中に立ったように、私は凄まじい混乱の中でひどく冷静に、そんな佐々木哲男というもう一人の私……私以外の私の存在を感じとっていた。そしてこの私の、勘に似た想像は十数分後には、立石侑子の言葉で確かめられる。

佐々木哲男はまちがいなく存在していた……だが……。

私はそれほど長くその場に突っ立っていたわけではない。回転扉からホテルの中に入ると立石侑子はフロントの電話で誰かと喋っていた。電話を切ると、フロントから鍵を受けとり、そのチェーンを装身具か何かのように指に巻きつけながら、ロビーを見回した。私を見つけると、指と目でエレベーターに乗るように合図してきた。

エレベーターの中でも、１４２６と表示されたドアの前でも、部屋に入ってからも、彼女は無言で、私は沈黙が彼女によく似合うことを発見した。沈黙が薄い唇や冷たい目と調和し、彼女をひどく美しく見せることを……。

「君の部屋？」

入ってすぐに私は訊いた。ベッドの上に彼女のバッグが投げ出されていたし、テーブルの上の灰皿には煙草の吸殻があった。

彼女はうなずいた。そして私が、「僕の部屋はとってくれなかったのか」と訊いた時、黙って首を横にふった後、やっと口を開いた。

「今朝、もう予約しておきました。あなたの名で一室……今エレベーターを降りてすぐに前を通った部屋です」

「僕が来なかったらどうするつもりだった？」

「奥さんも来ることになってましたから。もちろん一室だけでよかったんでしょう?」

ダブルベッドが、病院の一室に似た無機質な部屋をほぼ占領している。彼女がベッドに投げた無言の視線には、『お二人の部屋にもこれと同じダブルベッドがあります』という言葉が隠されていた。群青色のベッドカバーは、金の絹糸の刺繡が施されていて、まもなく訪れようとしている夜を予感させ、窓には白い夕闇がたれこめている。立石侑子は、ベッドの端をまわって窓辺に立ち、「蒸し暑いわ」と言った。

部屋に入るなり彼女がつけたエアコンは、すりきれたような重い音をたてるだけで、なかなか冷気が回らなかった。私は上着を脱ぎながら、彼女が首すじに乱れ落ちた髪をかきあげるのを見ていた。それは何の媚びもない、ただうなじを涼しくするためだけの仕草だったにもかかわらず、その自然さが逆に私にはひどく刺激的に思えた。私はベッドの端に立ち、二人の間には数歩の距離があったが、それでも彼女のうなじから汗が一滴したたるのを目にした。汗は窓を伝う雨滴のようにゆっくり不器用なすじを引いて首すじをすべり落ちていった……陶器に似たひんやりとした彼女の肌にその熱いしずくは似合わず、無菌室のような部屋の三つ目の細菌のように思えた。エアコンの軋み続ける音やベッドカバーの上に金色の胞子のように飛び散った刺繡と共に……。いや、四つ目の細菌だ。その部屋とあまりに不釣りあいな自分を、私は大きな細菌のように感じていたのだから。買春ツアーに参加した欲望だけの中年男と何ら変わりないこの私に、彼女の若さと美しさはあまりにそぐわなかった。彼女の中で唯一その汗しか私と釣りあうものはなかったのだ。私はゆっくりと彼女に近づいた。

その気配など気づかぬように背をむけ、彼女は窓ガラスに向けて、

「海が近いけれど、プサンも日本の夏とは違って、さらっと乾いているの。それなのに今日は、変に空気が湿ってるわ」

そんなことを言い、その後に続けて「裏切る準備はもうできたのですか」と訊いてきた。

私は返事をする代わりに、背後から両手で彼女の両肩を抱いた。彼女の肌は見た目と同じで、ひんやりとしていた。私の手が汗で湿っていたせいか、彼女はひどく鬱陶しそうなため息を返してきた。それから、何かを韓国語で呟いた。詩の二、三行でも朗読するような呟きだったが、その一語も理解できず、謎めいた言葉は実際、詩のような美しい響きだけを私の耳に残した。

「何て言ったの?」

彼女はふり返り、私を見た。一瞬のうちに私のすべてをつかみとるような目で見つめ、もう一度、今度はゆっくりと、一音一音を区切るように声を出した。だが、もちろん私にはその一語も理解できなかった。ただこの時、私は一つの発見をした。彼女が日本語で喋りだすと、沈黙していた時の美しさが壊れてしまうような気がしたが、韓国語で喋

る時にはその美しさが消えることはないのだ。ガラスの夕闇を背にして、その顔はもしかしたら沈黙している時以上の美しさに輝いている……彼女が数分後にはベッドの上で、私の腕の中であげる声や息遣いはどちらの響きをもっているのだろう……私はそんな安っぽいことを考えた。目の前にある顔がきれいすぎて危険に思えたから、自分の卑しさで釣りあいをとった方がいい……そう自分に弁解した。

「日本語で言ってくれないか」

彼女は首をふり、少しからかうように微笑した。「意味がわからないよ」私も首をふり返した。

「いいえ、意味はわかってるのよ、あなたはもう。あなたの体ははっきりとちゃんと聞きとって理解したの。それなのに、もう忘れてしまっただけ。それでいいのよ」

彼女は重要な報告を終えたというように、また背を向けた。「裏切る準備ができたかと訊いたんだったわ」背中は思いだしたように言った。

答える代わりに、私は両手を腕へと回して、その体を抱いた。ただ手は肌に直接触れることなく、ノースリーブの布地を撫でただけだ。ティッシュペーパーのような、薄くやわらかな生地は、彼女の若さを守る保護膜のようだった。彼女は若く、私はもう若くはなかった。彼女の体を抱こうとした瞬間、不意にそれが大きな意味をもち、一本の線で二人の体を区切ってしまった。私は彼女をただの一人の女としてしか見ていなかったから、それは国境線とは無縁な一本の線だったが、それでも私は二人の体を隔てた目には見えない一本の線を、今日までとうとう見ることのできなかった国境線に似ていると感じとっていた。私の手は、布地だけを空しくまさぐり続けた。……ほんの数秒の間に夕闇が濃くなり、窓には夜が迫っている。夜と向かい合う恰好のまま、彼女は私の手をとり、その手で自分の胸をまさぐらせた……操り人形が、糸の切れた瞬間、奇跡のように自分だけの生命をもち、とまどっている人形師を助けようとしたのだ。私の手のためらいを、妻のことを気にしているためとでも考えたのか、彼女は「大丈夫よ」と言った。「誰かを裏切るようなことは何も起こらないわ。起こったとしても、すぐに忘れてしまうから。今だって、私はもうこの手のことを忘れているし……ササキさんも、今私を抱いていることをもう忘れているから」

相変わらず彼女の言葉は謎めいていて、韓国語をしゃべっているのと変わりなかったが、それでも言いたいことはわかる気がした。夜の向こうにプサン港は無数の灯を浮かべて広がっている……つい先刻まで私は夕闇の中で港の全景を見ていたはずなのに、見ているその瞬間にもう港のことを忘れていたのだ……同じように、彼女の手に導かれるままその体をまさぐりながら……体のやわらかな質感や無駄のない美しい線を感じとりながら、私の手は一瞬一瞬感じとったものを次々に忘れていく……私たちだけではない。男と女はそんな風に忘れるためだけにしか愛し合うことができない。相手の体を忘れることができず、永遠に相手と結びつき、愛し合おうとするのはほんの一握りの例外だけだ。そうして、母やイワモトはその例外の方に属し、抱き合った後も相手の体を忘れることができなかったのだ。

私は立石侑子という謎めいた若い女を抱きながら、その体を無視するように、ただ、子供のころに抱かれた母の体の感触やイワモトの体臭ばかり思いだしていた。まるで自分の腕の中にいる女ではなく、あの夏の残酷な思い出を抱こうとしているかのように……。真夏の真夜中、寝巻きの裏からにじみだしてきた母の体臭。腋のくぼみに黒蜜のように溜まっていた何日ぶんかの夜の匂い。甘い香りにまじった汗の饐《す》えた匂い……何日も前の夜が腐敗を始めたかのような匂い。同じ匂いを当時の私は昼間の太陽の下で、ランニングシャツからはみだしたイワモトの腕やむきだしの肩に嗅ぎとっていた。鉄屑にまみれて黒ずんだ腕は、母の腋に溜まっていたのと似た何日ぶんかの夜の匂いを放っていた。幼い私はイワモトに連れられてよく銭湯に出かけたが、石鹸で汗を洗い落とした後の体にも、かすかな黒ずみと共にその匂いは残っていた。

記憶にある母の体は普通の女より白いが、その白さにはイワモトの肌の黒ずみを裏返したような、薄汚れたものがあった……不純な純白、まちがった潔白といったものが。

今、自分の手が触れている一人の女の体を忘れ……そんな遠い思い出を抱くためにだけ、その体を抱こうとしている……いつの間にか彼女の手を離れ、私の手は自分の意思でその体を愛撫していた。そうして彼女の右の乳房が描くカーブを指先で布地の上からなぞりながら、私は「君がさっき駅で待っていたササキテツオは、私とは別の男なのか」と訊いた。

立石侑子は、私の愛撫を受け入れる姿勢のまま、「ええ」と答えた。

「一昨日、空港で君が待っていた男も？」

「その質問は難しいわ。私が待ち受けていたのはあなただったから」

声がかすかに熱を帯び、ふるえている。私の指は彼女の体にさざなみを引き起こしていた。「私はあの時、成田からあなたと同じ飛行機に乗って……インチョンでは先回りしてゲートを出て、あなたを待っていたから」

ロビーにいた他の人から不要になったボードをもらってあの名前を書いたのだ。彼女はそう言った。

「じゃあ、なぜ違う漢字を使った……私の名前はあの字ではない。私のササキは」

私は彼女の右胸に、指で『笹木』と書いた。

「それとも、ただの単純な間違い？」

「いいえ、漢字はまだ慣れなくてよく間違えるけど、あなたの名前は書けるわ。私はわざと別のササキテツオの名前を書いたの」

続けて「あのボードはあなたに見せたの。あなたがもう一人のササキテツオを知っているかどうか、確かめたかったから。あの漢字の『佐々木哲男』を知っていたら、あなたは何か反応を見せたはずだわ」と言った。その言葉より、だが、私の気もちに引っかかってきたのは、「漢字はまだ慣れなくて」という言葉の方だった。

「君は日本人じゃないのか」

私はそう尋ね、「君はこの国の人なのか」そうも訊いた。

だが、私の質問に答えたのは、ドアホンの音だった。

彼女の体が一瞬のうちに冷めた。それが今の質問のせいか、ドアホンのせいか、わからなかった。彼女は逃げるようにドアへと走り、私はそんな彼女をドアへと追いつめる恰好で、ノブに伸びた手を止めた。私は首を横にふって『ドアなんか開けないでいい』と伝えた。どうせ従業員だろう、そう思ったのだ。窓辺に流れていた時間が一瞬でもとぎれたら、もう二度と戻ってこない気がしたのだ。一度冷めたものを温めなおすには、私の年齢では時間がかかりすぎる……それまで本気で彼女を抱くつもりはなかったはずなのに、彼女が離れようとした瞬間、その体が惜しくなったのだ。突然のように私は本気になっていた。

欲望に任せて、力いっぱいその体を抱き寄せた。もしかしたら彼女が自分から体をぶつけてきたのかもしれない。だが、自分の胸で感じとったその胸はひどく薄くさびしくて、まだ背中から抱いているだけのような気がした。彼女は私の肩に顔を埋めたまま首

をふり、息を洩らすようなかすかな声で、

「あなたには奥さんを裏切れないわ」

と言った。

「いや……」

「いいえ、裏切れない。奥さんがそばにいないから、裏切れるつもりでいるだけだわ。でも奥さんはそばにいるわ」

「…………」

「今、このドアの向こうにいるわ。今の音は奥さんなの」

「冗談だろ?」だが、口に出してそう訊いたかどうか。私はゆっくりと彼女の体を離し、ドアを見た。韓国らしい装飾をほどこした木のドアは、人の気配をいっさい感じさせず、ただ静かだった。

私の気もちを試すために、嘘を言っただけだ。そう考えた。

「本当です。奥さんは予定より一便早いのに乗ったらしくて。私が駅に行っているあいだに一人で空港からホテルに来たんです。さっき戻ってきて、フロントでもう部屋にお通ししたと聞いて、びっくりしました。フロントから電話を入れて、あなたを私の部屋の方に案内しておくと伝えたから」

彼女は耳もとで囁くように言った。

私は、まだ信じられずに首をふったが、それでも体を離し、彼女とのあいだに距離をおいた。彼女はそんな私を「やっぱり」と言うように冷たく見つめた。もう一度ドアホンが鳴った。彼女はドアを開けた。

廊下の壁に人影が流れた。訪問者の姿は半端に開かれたドアに隠れ、私の立った位置からはその影しか見えなかったが、それでも私には間違いなく妻の一美だとわかった。むしろやがて現れたレモン色のスーツを着た女が、一美とは別人のように思えた。明るい、若々しい装いや微笑のどこかに、無理があった。

「部屋を交換した方がいいでしょうね。こちらの部屋の方が広めだし、窓から港が見えますから」

立石侑子はそう言い、バッグとちょっとした手荷物をとり、一美に「荷物はお部屋ですか?」と訊いた。

一美はすぐにまた立石侑子について部屋を出ていった。一人きりになると部屋の空気が急に重くなった。私はドアを開け、廊下を遠ざかる二人の女を見送った。半開きになったドア。部屋の灯が廊下に私の影を流し、同じ薄さで廊下の灯が部屋に私の影を流している。私は反対方向に伸びた二つの影に分離し、ドアよりも半端に突っ立ち、不意にまた『国境線』という言葉を考えた。廊下に敷きつめられたグレーの絨毯は、そのまま室内につながっていて、日本で言う『敷居』のような境界線に当たるものは何もない。

だが、目には見えないだけで、境界線はまちがいなくその灰色の広がりのどこかにあるのだ。私の右足は部屋の床を踏み、左足は廊下を踏んでいるのだから、部屋と廊下を分ける一本の線が必ずどこかにあるはずだ……国境線。それが、一昨日、東京駅で電車から降りた理由だった。

そのことを思いだした時、女たちが戻ってきた。立石侑子は一美のスーツケースを持って、ドアまで送ってきてくれたのだ。

「じゃあ、後で電話しますから。ごゆっくり」

二人の女は手にしていたそれぞれの鍵を交換した。長いチェーンが縺《もつ》れ、それを解くのに少し時間がかかった。二人の指が絡み、解こうとするほどおかしな縺れ方をしてしまう……チェーンがやっと解けた時、私は鍵ではなく自分が交換されたような気がした。

この時、ドアの代わりに妻の体が部屋と廊下を隔てる境界線になっていた。妻の肩ごしに私は、廊下に立った彼女を見た。

「一つ訊きたいことがあったんだが……この国のどこかに国境線がないだろうか？」

彼女は唐突な質問にとまどいを見せ、「もちろんありますけど」と言った。

「いや……ただの国境ではなく、柵でも線でもいいが、境界の線がはっきりと目に見える形で……」

うまく説明できないいらだちの中から、ふっと『板門店』という名前が浮かんできた。

そこを普通の意味での国境と呼んでいいかどうか。だが、ともかくそこには何らかの、私が見たがっているような境界線が、もしかしたら普通の国境線よりも厳しく、強靭な線が……生死を分けるほどくっきりとした線が見られるはずだ。彼女に訊く必要はなくなった。

「何でもない」

私はごまかすように微笑して首をふり、彼女はとまどった顔のまま小さく私に向けて頭をさげた。背を向け、去ろうとし、だが、何かを思いだしたように足を止めてふり返った。

「私の方でも言い忘れていたことがあって……さっき、タクシーの中で言ったことは本当です。一言のミスもありません」

事務的な報告のように無表情なまま乾いた声で言った。私は小さくうなずいた。私にはわかっていたのだ……ホテルの玄関前でタクシーを降りた段階では、彼女は本当に妻がホテルに到着していることを知らなかったのだ。本気でなかったのはむしろ私の方だ……妻はまだ境界線のように部屋と廊下の、私と立石侑子の間に立っていた。妻がどんな顔をしているのかはわからなかった。私は妻の肩越しに、二度と抱くことのできなくなった一人の女を……その顔だけを見つめていた。ただ、それはほんの二、三秒のことだ。彼女はもうそれ以上何も言わなかった。沈黙はこの時も、やはり彼女に似合っていて、廊下の薄い明りと共にその顔を美術品のように煌かせていた。

私の方が先に背を向け、廊下に彼女を残して妻と部屋に入った。

「暑いのね、この国も」

一美は上着を脱ぎ、クローゼットのハンガーにかけた。

「でも東京よりはましね。東京はまだ熱帯夜が続いていて……あなたが逃げ出したかったのもわかるわ」

私は冷蔵庫を開けて瓶ビールをとりだした。

「君も飲む?」

「ええ。成田に着くまでに体中の水分が汗になって流れだした気がして。機内サービスの飲み物だけではとても補給できなくて……体がまだ砂漠だから」

ビールを注ぎながら、

「それにしても突然だったんだな」

と私は言った。

「あなたが『突然』なんて変よ。突然というのは、一昨日のあなたのことだわ」

いつの間にか妻の表情や声から無理なものが消え、いつもの自然な妻に戻っている。

私は妻の微笑につきあうように微笑し、「本当に突然だったのかな」と言った。

「自分のことなのに、僕にはひどく突然この国に来たという思いがあるが、君はある程度、予想していたんだろ。たぶん前の晩、僕がパスポートをアタッシュケースに忍ばせておいたことに気づいて……それでもしかしたら、明日にでも韓国に行くかもしれないと考えて、念のために旅行会社や彼女に連絡を入れておいたんじゃないか。僕が何かそんな動きを見せたら、すぐに連絡をくれるようにと……」

一美はビールを飲み干してから、小さくうなずき、

「彼女って、立石侑子さんのこと？」

と訊いてきた。

「何者なんだ、あの女性は。興信所の調査員？」

「立石さんからは何も訊いてないの」

「何を訊いても答えてくれない。でもそれは、君が口留めしたからだろう？」

一美はまたかすかにうなずき、「もう一杯もらっていい？」と訊いて、自分でビールを注ぎ、今度は一気にそれを飲み干した。

「それでどこまで知っているの？」

「知っているって何を？」

「あなたが子供のころに両親やあなた自身に起こったこと。それからあなたやお母さんの……」

言いよどみ、「お友達のこと」と小声でつけ加えた。

「何も知らない。君がソウルに送ってくれたファクシミリも結局、読まなかった」

一美は『なぜ』とは訊かなかった。私のことは私以上に知っていると言いたげな、私が一番見慣れた顔をしていた。

『わかっているわ、あなたがなぜあの手紙を読まなかったか。あなたは怖かったのよ、自分の過去に何が起こったか……知りたいぶん、怖くて知りたくなかったのよ』

妻の顔はそう言っている。

「そのお友達が今どうしているのか、知っている?」と口に出して一美は訊いてきた。

「いや……ただいろいろ想像はしている。少なくとも現在は、日本人名を使っている……韓国で暮らしているのか、日本で暮らしているのかはわからないが、今この瞬間は君か興信所の彼女に呼ばれて、ここ……プサンに来ている」

日本人名はササキテツオ、ただし音だけがこの私と同じで漢字は姓名共にもっと一般的な字を使っている……私は一美に自分の推理を語った。佐々木哲男。おそらく、日本を棄てると同時に彼は『イワモト』姓を棄て、別の男になろうとしたのだ……ただ『友達』は、彼の唯一の日本の思い出だったのかもしれない、その名を自分の新しい日本人名の中に残した……私はそう考えていた。

「本当に想像だけ?」

「………」

「本当に想像だけで、それだけのことを知ったの？　立石さんから何か聞いたというわけじゃなくて……本当に想像だけ？」

私はうなずいた。妻のその言い方は私の想像を肯定している。

妻は「そうね」とうなずき返した。

「彼女を興信所の人と間違えているくらいだから、本当に何も聞いていないのね」

「興信所の調査員じゃない？……僕は君が雇ったそういう職種の人かと思っていたが」

「違うわ」一美は首をふり、さらに何か言おうとしたが、私は「それより……」という言葉で制した。

「君はさっき、僕がどれだけ子供のころのことを知っているかと訊いたけれど、君はどうなんだ……君は僕の過去についてどこまで知っている？　ソウルのホテルからかけた電話では、君は親父からイワモトの手紙を預かっただけで、母とイワモトとがこの韓国へ駆け落ちしたらしいということしか知らないと言った。あれは嘘だったのか」

「いいえ、お義父さんからは本当に何も聞かなかったし、去年まで何も知らなかった。ただ去年、ちょっとしたことがあって、あなたの過去や、お母さんとイワモトという人が今もまだこの韓国で生きているかどうかを調べてみたの。高校時代の友人のツテで神田の興信所に頼んで……。侑子さん……立石侑子さんは、その興信所が見つけだしてくれた人だわ」

「……だから、さっきから訊いている。彼女は何者なんだ？」

私たちはそれまでテーブルを挟んで普通に喋っていた。そのはずだった……自分の人生の謎を、妻と二人、こんな風に突然、しかもこんな風に普段どおりの声で話し合っていることが信じられないほどだ、そう思っていた。

だが、一美がなかなか言葉を返してこないので、それまでぼんやり眺めていた空っぽのグラスから目をあげると、妻の目は困惑の中に何か特別なものをふくんで私を見ていた。それが憐れみだと、すぐに私は気づいた。私を憐れみ、同時にそんな自分自身をも憐れんでいる目……結婚して以来、初めて見る妻の目だった。先刻、ドアの陰から姿を見せた時以上に、私は目の前にある一つの顔を見知らぬ他人のように感じた。

「どうしてそんな目をするんだ」

私がそう訊く前に、だが、一美の方が「どうしたの？　暑いの？」と訊いてきた。

彼女がハンカチを渡してくれたので、私は自分が汗をかいていることに気づいた。すりきれた音をたてながらも、いつの間にか部屋は冷房で冷えきっている。それなのに私は額と首すじに汗をかいていた。汗と呼ぶには冷たすぎる、乾いたしずくがこめかみを切るように流れ落ちていった。

「大丈夫？」

そう確認してから、「侑子さんのことだけど、彼女はあなたの友達の娘さんだわ……

昔、イワモトと名乗っていた人の」と妻は言った。

ほとんど反射的に首を横に大きくふった。

「嘘だ……」

「嘘じゃないわ。イワモトという人がこの国に渡ってから結婚した、この国の女性とのあいだにできた子供だわ」

私は顔を歪めた。

「そのことを彼女は知っているのか」

「ええ、もちろん」

私はもう一度首をふり、胸の中で「そんな馬鹿な」と呟いた。それなら彼女は私と血がつながっていることになる。それを知っていながら、私に抱かれようとしたことになる……だが、私がそれ以上考えるのをさまたげるように、今度は一美が不意に顔をゆがめ、髪をふり乱すほど激しく頭をふったのだ。

「彼女のことはいいわ。私が知りたいのは、あなたのことよ。あなたが誰なのか……何者なのか」

「…………」

「あなたは本当に、子供のころ何があったのか知らないの……それとも知っているのに知らない芝居をしているだけなの」

「芝居？　芝居なんかしているわけがないだろう」

「じゃあ、あなたはなぜ死のうとしているの……あなたがこの国に来て死のうとしているのは、子供のころのこととは何の関係もないの？」

「僕が自殺しようとしていると……そのためにこの国に来たと、そう思っているのか」

一美は小声で「ええ」とうなずいた。

「私がプサンへ来たのは、何よりそれを心配したからだわ」

私はもう驚かなかった。前にも妻が私の自殺を心配していると考えたことはあったし、私にはそれよりも、立石侑子がイワモトの娘だということの方が大きな衝撃だった。先刻触れた体や「タクシーの中で言ったことは本当です」と呟くように言った唇の形がしきりに頭に浮かんでくる……唇？　私はこの時になって、妻の顔が見知らぬ他人のように見えるのが、その唇のせいだと気づいたのだった。

スーツのレモン色に合わせたのか、妻は今まで一度もつけたことのないような赤みの強い口紅をつけていた。

「自殺という言葉が出るほど、僕は重い人生を今日まで背負ってきたのか？」

皮肉な笑い声をまじえてそんなことを言いながら、これまで知らずにいた妻の本当の顔を私はその口紅の色に見ていた。

11

友人が拙作の本の表紙をデザインしてくれることになり、

「どんなイメージがいい？」

と訊かれた。以前から頭の隅に貼りついているちょっとした「絵」があるので、

「女性の顔なんだけど、顔全体はモノトーンなのに、唇だけが真っ赤……それも口紅の色じゃなくて、地の色が口紅以上にどぎつい、生々しい色を放っているような……」

と言ってみた。

年上の女の嫉妬の物語に似合う気がしたのだ。何かの映画に、そんな映像があった気がする……もしかしたら雑誌のグラビアだったかもしれないし、似た絵柄がすでに他の本の表紙になっている心配もあったので、最終的に別のイメージに変えたが、しばらくしてテレビで浜名湖のニュースを見て、「ああ」と思い出した。

もう二十五年以上前の話だが、母と一緒に訪れた浜名湖近くの寺で見た仏像の顔なのである。知り合いのまた知り合いにあたる人が浜名湖での水難事故で亡くなったので、

供養に出かけた……その帰路に偶然立ち寄った寺である。知り合いの運転する車で名古屋から出かけたのだが、帰路、東名高速に出ようとして道に迷い、湖の周辺を車で彷徨している途中、その寺の前に出た。これも何かの縁だから、と母が言い、車を降りた。

入口は狭かったが、「立ち寄った」では勿体ないほど奥行きは深かった。山門までの石畳はただ閑かに長く、京都嵯峨野あたりにあってもおかしくないような洗練された庭がある。名前はもう憶えていない……宗派や本堂に祀られていたのが何だったのかも。浜名湖周辺でも一、二を争う古刹だろうから、今度このエッセイを書くにあたって調べてみれば簡単にわかったはずだが、あえてそうしなかった。記憶の中で寺自体は意味がなく、唯一大きな意味をもっているのが、本堂脇の小さな部屋に、ガラスケースに守られて安置された数体の仏像のうちの一体、しかもその唇だけだからだ。

他にも何人かの参拝客があり、寺の若い僧侶が、観光ガイドのような慣れた口調で、「この唇をよく見てみなさい。お顔やお身体の色はすべて剝げ落ちてしまっているのに、この唇だけがなぜかまだ昨日色を塗ったかのように鮮やかです」と説明した。

この僧の、御仏《みほとけ》の力が起こした奇跡を有難く拝しなさいと言わんばかりの高飛車な態度と、「御仏」を売り物にした商売人のような人間くさすぎる声を、僕はひどくいやなものとして記憶に残している……というのも、仏像の深紅の唇にも人間くささと呼べるものがあるのだが、それが僧侶の声の俗っぽさとはかけ離れ、同じ人間臭といっても、こちらの臭気は、崇高な香気にまで昇華されていたのだ。

人であることが、その仏像の唇では人であるまま、人であることを越えている。

そんな不思議な赤の美しさである……この世の生々しい赤でありながら、同時にこの世ならぬ、天上にしかありえないような赤。

ガラスケースに納められたその仏像は、ほぼ等身大の立像で、かつては華やかな色彩をまとっていたに違いないが、今では塗料も剝げ落ち、白く色あせてしまっていた。木像なのであちこち朽ちかけているのが、人で言うなら白骨化が始まったようにも見え、ちょうどミイラと化した人体の唇だけがまだ生きているといった印象である。

仏教では、人は死ぬと、業や執着、欲望といった現世で人を縛っておいたものから解き放たれ、仏となる。人間を越えた存在になる。その存在を現世の人間にもわかりやすく、拝みやすくするために人の形を借りて表したものが仏像なのだが……仏になりながらも、唇にだけ現世の色を保ち続けているというのが、人の業の深さを物語って恐ろしく、だが、同時に人の業の強さや大きさが死んでも消え果てることなく、逆にあの世よりももっと永遠の生命をもちえたかのようで、神仏をも超えた美しささえ感じさせる。

少なくともそんな風に、その仏像の唇を思い出す。……というのも、長々と書いてきて何なのだが、僕はその仏像をほんの数秒見ただけであり、二十五年のうちに記憶を美化してしまったのかもしれないのである。

記憶はミスを犯しやすい上に嘘つきだから、木像というのも、等身大というのも間違いかもしれない。悲母観音とかのはっきりと女とわかる観音様だったように記憶しているのだが、これも、唇の赤さに女性がさす紅を連想させるものがあったのと、もう一つ……その仏像と母の顔が記憶の中で混ざりあっているからだろう。

興味深いその仏像に僕が長く目をとめられなかったのは、僧の説明が終わった瞬間、すぐ隣にいた母の見せた反応に気を奪われたからである。

母は何か嫌なものでも見たようにハッと顔をそむけ、眉間に皺を走らせ……庭の方へと歩いていってしまったのだ。

「いやらしい」

そんな一言でも吐き棄てそうな、顔のそむけ方だった。その直前まで、「さっきの供養がもう霊に届いたのかもしれないね。こんな風に仏さまを拝めるというのは霊の導きだ」といったことを喋りながら上機嫌だっただけに、その顔の突然の変化は気にかかった。

庭に出て、母に「どうかした?」と訊くと、母は、「あの仏さんの口のところに、虫が這ってなかったかい」

と言った。だが、それは嘘だ。虫など這っていなかったし、田舎育ちの母は、普通の女性なら悲鳴をあげるような害虫なども素手で捕まえて平然としている。……しばらくして、母がその日不機嫌になった理由がわかった。

父の命日に仏壇にむけて般若心経をあげていた僕は、その途中で声を止めた。色即是空、空即是色……と読んだ時だという記憶があるが、これもつまらない記憶を面白い因縁話に仕立て直そうとしたからなのか。

仏壇に一人の女の唇が浮かび、それが浜名湖の寺で見た仏像の唇と重なった。

その女性というのは、父の先妻である。姑に、まだ幼少だった子供と共に追い出された女性であり……その後釜に据わった母は、戦後、父が前妻とヨリを戻し、こっそりとその家を訪ねていると知って、土間に並べてあった父の下駄の鼻緒を嚙み千切ろうとするほど苦しみ、そのあげく一年近く病院の一室に入る（というよりも閉じこめられる）結果になったのである。

この先妻に、僕は一度だけ会っている。浜名湖の寺の一件より五、六年前に、父は胃潰瘍を患って死んだが、その死後、相続権の問題で先妻の印鑑が必要となったのだ。

想像以上にきれいな人だった。意外なくらい後妻の母と目鼻だちが似ていたが、田舎育ちの母の素焼きのような顔色や荒削りな線を、磨きぬき、研ぎぬいたような洗練と品のよさがあった。もの静かで、姑に追い出されるのも無理はないような繊細な印象もあったが、追い出された後の苦労は相当なものだったのだろう、細い線には強靭さやしなやかさが縒《よ》りこまれ、後妻の母以上のしっかりとした顔だちにも見えた。それは、入念な化粧のせいでもあったのだろう。

家に帰り、母に簡単に報告したついでに、

「口紅なんかもきちんと塗って……今も充分きれいな人だった」

と言った。「びっくりするほどあなたに似ていた」と続けるつもりだったが、それは言いそびれた。

この時も母が不意に不機嫌な顔になったのだ。

「私より五つか六つ上のはずだから、六十はとっくに過ぎてるんだろう。その年で口紅なんて……」

と言った。「いやらしい」と、声に出して言ったかどうか。ただそんな一言でも投げ捨てるような唇の動きを見せ……同じ一言を、僕は数年後、仏像から顔をそむけた瞬間の母のかすかに震えた唇に読みとったのだと思う。

母は父に本当に愛された美しい女の唇を、あの仏像の真紅の唇に見たのだ。

ただ、僕はと言えば、この世の生々しい一つの色をあの世でなおいっそう生々しく、鮮やかに光らせていた仏像の唇を、先妻の美しい唇よりも、下駄の鼻緒を噛み千切っていた母のゆがんだ唇と重ねて見ていたのだ。

なぜかはわからない。ただ、子供のころ米俵をもちあげられたというのが唯一の自慢で、生涯化粧とは無縁だった母にも、そんな女の部分があったのだと……玄関の隅に棄てられたように眠る母の下駄を見るたび、そんな思いが胸をかすめる。

仏像の唇に母が一匹の虫を見たというのは、嘘ではなかったのだろう。

後になって僕は、そんな風に考えるようになった。ただ母は、それが昔、父の鼻緒を噛み千切ろうとしていた自分自身の唇に這っていた虫であり、その虫がそれから間もなく……桜の木の下で自分の履いていた下駄の鼻緒を食いちぎり、そのために自分が歩けなくなってしまったことには気づかなかったのだ。

＊

「さっき俺が何者かと訊いたが、君はずっと……二十何年間も、誰かわからない男と一緒に暮らしていたのか」

私は立ちあがり、窓辺に寄った。

質問というより、ひとり言の呟きだったのだろう。妻の答えは期待しなかったのだが、

「いいえ」

答えが返ってきた。妻は短く沈黙し、「そうね」と言い直した。

「高校のころから、あなたという人がよくわからなかった……普通の男の子と違って、どこか自分を閉ざしていたし。でもそういう謎めいたところが、私をひきつけたのかも

しれない。同窓会で何年かぶりに会った時もそうだった。あなたは他のみんなと親しそうにしゃべりながら、体の中にやっぱり自分だけの小さな部屋を隠しもっていて……みんなと笑っている最中にも、ふっとその部屋に隠れてしまうの。二人きりになった時も同じだった……私はそのドアを叩いてみたかったのよ」

「それが理由？　俺との結婚を決めた……」

ふたたび沈黙。それをごまかすように妻はため息をついた。

「そうね、きっと。でも、結局ドアの前に立ってノックしつづけただけで、開けることはできなかった」

「…………」

長い沈黙。妻が何を言ったのかも忘れかけたころになって、やっと私は口を開いた。

「あきらめきるまでに二十何年もかかったわけだ」

「そうね、それが結婚した理由だったんだわ。ドアを叩くことをあきらめて、理由がなくなると同時に結婚も意味がなくなったのよ」

たったそれだけのことを言うのに、妻は何度も声をとぎらせた。絶えず沈黙が割りこんできて、私たちは電池の切れかかった携帯電話で喋っているようなものだった。韓国に着き、ソウルからかけた電話で初めて妻から『離婚』という言葉を聞いた時の方が、二人の関係はもっと親密だった気がする。

今、二人の間は数歩も離れていないのに、その数歩がなぜか海よりも大きく二人をへだてている……それはこのプサンのホテルの一室に、日本人である彼女が違和感を覚えているからかもしれない。

私はそう思った。

「それで去年、離婚を決心したのだけれど、ちょうどそのころから、あなたの様子がおかしくなって……私、自殺でもするのじゃないかと心配になって、それで調べたのよ。死なれるのは嫌だったわ。そんな風に別れるのは……離婚という形できちんと……自分の手で二人の関係にピリオドを打っておきたかったから」

「それで？」

「…………」

「調べてみてわかったんだろう、俺の子供のころに何があったか。だから俺は訊いてる……いったい何があったとわかったんだ。俺が自殺しなければならないような何があったと……俺は今まで一度だって死にたいなんて思ったことはない。この国にはそんなために来たんじゃない。君は……俺が死ぬ前に、子供のころ可愛がってもらった年の離れた友人のような男を懐かしんで、もう一度、会っておきたいなどと……そのために海を渡るほど感傷的な男だと思っているのか」

死ぬためにこの国に来たんじゃない、俺は自殺なんかしないし、死ななければならないような何も俺の人生には起こっていない。

私は胸の中で凶暴な獣のように咆哮しながら、目だけは奇妙に覚めてひどく静かに窓の外を見守っていた。

広がったプサンの夜景。さっき暮色の中で目にしながらも見落としていた町が、夜という暗室に閉ざされてやっと陰画に焼きつけられた。無数の光の点描で表されたプサンはたとえようもなく美しく、郷愁を誘い……官能的ですらあった。そう感じとったのは、先刻まで私が想像の中で見続けていた立石侑子の体が、まだ脳裏に焼きついていたからなのか。一人の韓国女性の体を……その透明な肌を透かして、この町を見ているのだ。点描のような光の大半は、港の灯だった。灯に目を奪われてすぐにはわからなかったが、よく見ると海面が黒々と盛り上がっている……闇夜の下の砂丘のように。町の灯の届かない彼方に、巨大な夜に隠れて、海がその裸身をさらけだしている……。私は先刻、同じ場所に立って抱こうとし失敗した女の体を思い出し、もう一度、その体を今度こそ、本当に抱きたいと思った。彼女がイワモトの娘だというのは嘘だ……妻が彼女の若さや美しさに嫉妬してついた嘘だ。それとも、私はそれが嘘ではないと本能的にわかっているからこそ、彼女を抱きたがっているのか。

もしかしたら、私は彼女じゃなく妻を抱きたがっているのかもしれないし、思い出の中で永遠の若い生命をもった母の体を抱きたがっているのかもしれない。私の欲望は相手が誰なのかもわからないほど、ただぼんやり女の形をした体を求めて、今プサンの海を見ているこの目だけでなく全身に溢れている……。

「じゃあ、あなたはどうして韓国に来たの」

妻の声を聞きながら、私は窓に映った自分の顔に苦笑してみせた。妻が真剣な声で、私の生死に関わる人生の謎を解き明かしたがっているというのに、当の私は女の体を抱くことに夢中になっているのだった……失笑には諦めと自嘲がまざりあっていたが、それは私が抱きたがっている三人の女に、一つの共通点があると気づいたからだ。三人とも、それぞれの理由で、私に背をむけ、去っていこうとしていた……そして私の欲望は、しか燃えあがらないのだ。妻は『離婚』という言葉と共に私から去ろうとしていたし、トンテグの駅で途中下車した際に気づいたように、永久に自分から去ってしまった女に立石侑子は『イワモトの娘』という言葉と共に今度こそ本当に背を向けてしまったのかもしれないし、母は『死』と共に、私から完全に遠ざかってしまった……死？　だが、本当に母は死んだのだろうか。

私は、それを探るために、

「自殺のためじゃない。二人を殺しにきたんだ」

真面目な声で言い、背後をふり返った。

妻の顔には困惑があったが、それはさっきからずっと仮面のようにその顔に貼りついてしまった表情で、私の今の言葉に反応したわけではなかった。「驚かないんだね」と私は言った。

「もう彼女から聞いていたんだろう。彼女にはソウルのホテルでそう言ってあった……彼女は東京の君に私の言動を絶えず連絡していたはずだし」

「二人って……」

「イワモトと俺を産んだ母だ……まだ子供だった俺を裏切り棄てたのは、その二人だけだから」

私の些細な策謀は成功した。妻は私の言葉を否定するように首を横にふり、「お母さんは殺せないわ。もう死んでるから」と言った。そして今度は私の反応を見るために、自分の足もとを見ていた目をあげた。

私はうなずき、妻の視線を避けるようにまた目を窓に戻し、それから、「いつ?」と訊いた。

「お父さんからは何も聞いていないの」

ふしぎそうな声でそう訊いてきた。

「伊豆の鉄道事故で死んだと聞かされた……彦根の実家の墓参りにも連れていかれた。そんな記憶がある。だが、嘘だ。母はイワモトとこの国へ逃げた……死んだのはその後だろう?」

妻がはっきりと首をふるのが、窓ガラスの中に見えた。妻は私からかなり離れて椅子に坐っていたのだが、それでもその顔が白く、紙のように乾いたのがわかった。いや、違う……血の気がひいたのは私の顔だ。

「お母さんは日本で死んだのよ……伊豆の鉄道事故で死んだというのも本当だわ。当時の新聞にも載っているし、その駅に行けば今でもどんな事故だったか、死んだのがどんな女性だったかまで憶えている人がいるわ」

「嘘だ」

声がかすれた。

「信じられないのなら、今から東京に電話して、その新聞記事をファクシミリで送ってもらいましょうか。従兄が新聞社勤めだってことは知ってるでしょう？」

「嘘だ」私はもう一度言った。「現に君はさっき、俺の過去については何も知らないと言った。それなのにそんなことを知っているのは変じゃないか……それこそが君が嘘を言っている証拠だ」

私は窓ガラスに映った妻にむけて……もしかしたら私自身にむけて首をふり、それ以上に激しく妻は頭をふり返した。髪が乱れ、妻は泣き出すように両手に顔を埋めた。

「私が知らないのは、あなたの中にある過去だわ」

「…………」

「私はお義父さんから、あなたがその伊豆の駅でお母さんの……遺体にとりすがって泣き続けたと聞いた。それなのになぜ、あなたの中では、お母さんがあなたを棄てて他の男とこの国へ来たことになっているのか。お母さんは確かに海を渡ったけれど、それは死んだ後、遺骨になってからだって」

イワモトがその遺骨をこの国に運んで、仏国寺の片隅に埋めた……。

あの土塀の崩れたあたりだ……私は胸の中でそう叫んだ。ススキの穂波がなだれおち、波しぶきのように光をまきちらしている……そしてあの夢に現れた女は、やはり母だったのだ。私はまたその窓辺で突然眠りに落ちたようにうなだれ、ススキの穂とともに崩れおちはじめた頭を支えるように両手で抱えこんだ。だが、すぐにその頭を、もう一度、激しくふった。そんな風に考えることは、妻の言葉のほうが真実だと認めることになる……嘘だ。私が母の遺体にとりすがって泣いたなどというのは嘘だ……私の記憶には伊豆の駅も、汽車も、鉄路も、母の遺体もない……。

遺体。その言葉を口にする前に、妻は短くためらった。妻が両手で顔を隠しているのは、その遺体を想像して顔が大きくゆがんでいるからではないのか……私がしきりに頭をふっているのも、いくら嘘だと否定しようとも頭の中に浮かびあがってくる母の遺体のせいではないのか。

妻が何か言い、私も何か言い返した。「やめてくれ」とか「もういい」とか。そんな類の今の状況のすべてを拒む言葉を……。声が軋むのだけがわかった。建付けの悪いガラス戸のように……。あのガラス戸だ。子供のころ住んでいたあの小屋に似た壊れかけの家。その音はイワモトが訪ねてくる時の合図だった。イワモトの訪問を厭うように、ガラス戸はいつも以上の耳障りな音で軋んだ……その音は結局、音だけの生き物のように私の人生に住みつき、こんな風に嫌な音をたてながら、私の体にあるさまざまな建具を壊していったのだ……私の体はあの家のようにバラバラに壊れかけている。それともそれは母の体なのか……伊豆の鉄路上で不意に人形のように手足をちぎりとられ、バラバラに壊れてしまった母の遺体だったのか。血にまみれた泥人形のようにくずれかけた母の体。

四十年が過ぎ、昨日私は仏国寺のかたすみで、記憶の闇に沈んだその泥人形のようなものの中から、金色の仏像を掬いとったのではないのか……いや、嘘だ。母の遺体の記憶が私にあるはずがない……今思い浮かんだバラバラの死体はこの私だ。突然襲いかかってきた苦痛に引き裂かれ、床へと壊れ落ちてしまった私なのだ……何とかその体を支えようと私は窓ガラスに手をついた。いつの間にかかいていた汗のために、手はガラス上ですべった。

「大丈夫？」

妻が心配そうに声をかけてきた。

私は「海が見たい」と言った。

窓のむこうに、プサンの海は相変わらず、私にしか感じとれない謎めいた官能を秘めて、今にも黒くうねりだしそうに見えた。その熱い針のような刺激が、なぜか鍼《はり》治療のように、私をいくらか落ち着かせてくれたのだ。子供のころ、母がいなくなってから一人だけで布団に入ると、私は必ず得体の知れない不安に苛まれたが、そんな時、闇に母の体を思い描くとふしぎに気もちが安らいで、静かに眠りに落ちることができた……夜の海には、どこか母の体を連想させるものがあったのだろう、見ているだけでも、気もちが落ち着いてくる。

「港に行って話そう。この部屋は息が詰まりそうだ」

事実、故障しかけたエアコンのせいで、部屋が息切れでもしているように思えたのだ。だが、妻はその言葉を別の意味に聞いた。

「逃げるの？」

そう訊いてきた。私の体が痙攣のようにかすかに震えているのを心配したのか、子供でも相手にするようにその声は優しかった。

「自分の小さな部屋にか？　さっき君が言ったように……」

「いいえ、あなたが逃げだしたがってるのはこのホテルからよ。このホテルに来ているあなたの昔の友だちから……。侑子さんから聞いたんでしょう？　侑子さんのお父さんが、あなたに逢いにプサンに来たことは」

「いや、はっきりとは……」

立石侑子は、佐々木哲男という私と同音の名前をもった男のことを語りはしたが、それが自分の父親だとも……イワモトのことだとも言わなかった。

ただ私は、私と同じ列車でプサンに着いた佐々木哲男が今このホテルの中……もしかしたら立石侑子の部屋かロビーにでもいるだろうと想像してはいた。

「イワモトに会いたくないという気もちがないわけではないが、別に逃げだしたいわけじゃない。ただ海を見たいだけだ……それに海を見てからの方が、イワモトにも素直に会えそうな気がする」

「………」

「大丈夫だ。自殺なんかしないし……殺すと言ったのもただの冗談だ。君たちが、あまり勝手に俺の人生を創りだしていくから、ちょっと困らせてやりたくなっただけだ」

妻はそれでもまだ心配そうな様子だったが、その時、電話が鳴った。私たちは同時にテーブルの上の電話機を見た。

短くためらった後、「きっと侑子さんからだわ」妻はそう言って、受話器をとった。

「もしもし……ええ、私です。今、ちょうど私の方からもかけようとしてたところ」

妻は相手に向けてそう言い、一分近く「ええ」「ええ」と相槌を打った後、メモ用紙

に何かを書きこみ、

「わかりました。すぐに行くから」

と言って電話を切った。

「逃げだしたのは、イワモトさんの方だわ」

ため息をつき、
と言ってまた駅に戻ってしまったそうよ。今、侑子さんが必死に説得しているらしいけど……慶州への切符は買ってしまったみたいだし、できれば私たちの方から駅に来て欲しいって」

「慶州？……慶州に住んでいるのか？」

「そうみたいね」

イワモトは慶州に住んでいた……あの手紙が慶州からのものだったのに立石侑子がプサンだと嘘をついたのは、父親が慶州にいるのを私に知られたくなかったからなのだろうか……いや、それより立石侑子は本当にイワモトの娘なのか。私の人生の謎は何一つ解決されないまま、私のこの体の中に眠っている。だが、それに構っている余裕はなかった。

「行くんでしょう、一緒に」

妻はハンドバッグをとり、私にそう訊いてきた。私がためらったのはほんの一瞬だった……すぐにうなずき、手をテーブルの上においてあった部屋のキーに伸ばした。イワモトに会うのは怖かった……妻には冗談だと言ったが、イワモトに会った瞬間、自分が何かとんでもないことをしそうで怖かった。だが、またあのトンボが……これまでどこかに隠れて休んでいたトンボがまた現れ、駅に向けて飛びたち、今度も私は反射的にその後を追おうとしたのだ。一分後にはエレベーターに乗り、妻に「何時の列車か聞かなかった？」と尋ねた。妻が無言でバッグからとりだしたメモ用紙には、駅前の喫茶店らしい名前と列車の発車時刻らしい数字が並んでいた。

私は腕時計を見た。まだ四十分以上ある……。

玄関には日本語の話せる中年のベルボーイがいて、タクシーの運転手に「プサン駅まで」と伝えてくれた。開けてくれたドアから妻に続いて乗りこもうとして、私は体を止めた。

「悪いが、運転手に駅に行く前に港に寄ってくれるよう頼んでくれないか。ほんの五分でいい……海が見たい。海が見えるところならどこでもいいから」

ベルボーイは、すぐにそれをハングルにして運転手に伝えてくれた。その間、車の後部座席から心配そうに私を見あげている妻に、私は微笑した。

「大丈夫だ。ほんの五分だし、時間は充分にある。こうも突然、イワモトに会うことになるとは思わなかったから、五分……いや二、三分でいい、気もちの準備をしたい」

私の微笑は、妻を逆にもっと不安にさせただけだったようだが、運転手は愛想よくふり返り、「オーケー、オーケー」と言った。

すぐに車は走り出した。道は蛇行しながら、ゆるやかに、プサンの街並へと、港へと……海へと流れ落ちている。運転手がカーブを切るたびに、海が現れ、消え……現れるたびに海はフロントガラスへと迫ってくる。黒い海がうねりだしている……私の過去や目には見えない国境線を飲みこみ、うねりだしている。

最後の坂を下りはじめると、開けた車窓から風と共に潮の香りが流れこんできた。私はなぜか深い安堵をおぼえ、もうすぐ港だというのに眠りにでもつくように深々と座席に体を沈め、それでもまだ体に残っていた一つの不安を……不安にも似た疑問を口に出した。

「君はホテルで、立石侑子がイワモトの娘だと言ったが、彼女は夕方、プサン駅でイワモトの今の名前を書いたボードをもっていた……父親を出迎えるのにそんなボードを掲げる必要などないはずじゃないか」

「侑子さんの方ではお父さんの顔はわかるけど、お父さんが娘の顔がわからないかもしれないと心配して……念のために、そうしたのよ、きっと」

「何年も会っていないのか、二人は」

「いいえ、去年、お父さんの方から日本に来て、その時にも会っているし」

「だったらどうして……」

「侑子さん、去年、お父さんに会って初めて、父親が昔、日本にいたころの本当の話を聞かされて……その後、自分の顔を変えたのよ」

「………」

「整形手術。目だけだけれど、私もすぐに侑子さんとわからなかったくらいだから」

初めて空港で見た際の、きりっと目尻の切れあがった、いかにも朝鮮の女性らしい目……あれが手術で、日本の医師の手で作られた目だというのか。

「なぜ、整形なんか……」

「彼女、自分が半分日本人だということにこだわりすぎていたのよ。子供のころ、この国に住んでいたころから、自分の顔の、特に目のあたりが日本人そのものだという気がしてずっと悩んでいたんですって」

私は顔をゆがめた。妻は、立石侑子のことをイワモトがこの国の女性と結婚して生まれた子供だと言った。それなら彼女の血の半分が、日本人の血であるはずはない……妻が言い間違えたのかと思い、そう指摘しようとして、だが、次の瞬間、私はもっと大きく顔をゆがめていた。

12

その日、母の足が動かなくなる直前に観た映画には、松葉杖をつく足の不自由な少女が出てきた。少女を演じたのは当時大人気の子役で、松葉杖ごと倒れこんでしまうシーンで、超満員の場内のあちこちから悲鳴が出た。悲鳴をあげた一人は母だったのかもしれない。

二階席の段々になった通路の途中で母と二人、立ったままで疲れ果てながらもスクリーンに釘付けになって観ていたのは憶えているのだが、どんな題名の、どんな映画だったかはほとんど忘れてしまい、その踏切のシーンだけが鮮烈に記憶に残っている。

映画が終わり、名古屋駅前から続く桜通りという大通りに出た直後、母が不意に映画館と同じ叫び声をあげて倒れこんだ。並木になった桜の木の下で、母は倒れかかった体を何とか木の幹で支え、体はそのまま下方へと崩れ、胡坐をかく男坐りのような恰好になった。

「足が動かなくなった」

とわめくように言い、「あの女が下駄の鼻緒を噛み千切ったから、歩けなくなった……だから、お前はここからは一人で行ってくれ」と、僕が遠くにでもいるようにカン高い声で叫んだ。

母は父の前妻を悪者にし、下駄の鼻緒を嚙み切るという自身の異常な行為まで、妄想の中で前妻の責任にしてしまったのだ。

『あの女』が嚙み切ったのは、下駄の鼻緒ではなく、母の神経だった。

反射的に走りだし……というより、そんな母の姿が醜悪すぎて怖くなって逃げだしたのだろうが、すぐにまた逃げだした自分に後ろめたさをおぼえて立ち止まり、ふり返った。季節は忘れている。夏で桜の木は青葉を繁らせていたのか、それとも冬で枯れ枝を寒風にさらしていたのか……春でなかったことだけは確かなのだが、母の目は僕には見えない無数の花で埋めつくされていたような気もする。傷ついた獣のような姿だったが、そんな母が決して不幸そうには見えず、これなら大丈夫だとちょっと安堵して、また僕は母のところに戻った。

ただ、安堵したといっても、その時の母の顔には、映画の踏切の場面で鳴り続けていたカンカンカンカン……という警報機の音がからみついていて、何か危険な事態を告げてくるのだ。踏切ではなかったものの、それと似た危険な場所で、母は生きつづけるための松葉杖を失い、倒れこんだのである。

ちょうどそこへ、犬を散歩させていた紳士風の品のいい男の人が通りかかり、母の口から事情を聞いて、タクシーを止め、母を抱きかかえるようにして乗せてくれた。母は自分が人間だったことを思いだしたように、落ち着いた顔になり、ひどく丁寧な口調でその男性に礼を言い、運転手にも落ち着いた声で行き先を告げた……頭を使うのが苦手ですべて力ずくで荒っぽく生きていた母が、不意にもの静かな人形のようになってしまったのが逆に怖くもあったが、そんな母の隣にいた自分の体の小ささをよく憶えている。

　五十年近くが過ぎた今でも、タクシーに乗ってその時のことを思いだすと、胸の隅のまた隅に、ほんのかすかだが暗い動悸が残響していると感じることがある……ただ不安と同時に、その時タクシーの窓を流れた街の灯もビデオ録画でもしておいたかのように頭の隅に残映している。タクシーに乗ることなど生まれて初めてで、わずかの曇りもない窓ガラスのむこうに、見慣れたはずの街の灯が、これまでとは別の磨きあげられたようなきらめきを放って流れた。不安に駆られながらも、すぐそばの母から逸らした目で、僕は別世界のような夜の街の美しさを追いつづけてもいた。

　記憶の録画は、そこで溶暗と共に終わってしまう。家に戻ってから一騒動あったにちがいないが、その顚末《てんまつ》は何も憶えていない。何日もたって家族の誰かから、母が神経衰弱で国立病院に入院し、しばらく戻ってこられないと教えられた……とは言え、母に逢えなくなり特別さびしい思いをしたというわけではなく、むしろ少年映画の主人公にでもなったような気で、この不幸を変に得意がってもいた。

　それに母がいなくなったことは、Tとの関係を続けるのに好都合だったのだ。他でもない、その少し前から、家の中に垂れ込めた険悪な雰囲気から逃れたくて、僕は友人のTとの仲を急速に深めていったのだが、母はもともと僕がTと遊ぶのを好んでいなかったのである。

周囲に朝鮮の人がたくさんいたこともあって、母はいっさい差別意識をもっていなかったが、父の意識がそのぶん酷く、当時、毎晩のように前妻のことで諍いをしながら父の機嫌をとり続けていた母は、「父さんがお前じゃなく、私に当たるから」という理由で、僕がTと遊ぶのをやめさせようとしたのだ。ただし、それだけが理由ではない。母は父を前妻に奪われた上に、息子までも他人にとられたような気がしてつらかったに違いない。そのころの母の慰めは、僕を連れて活動写真（母は映画のことをまだそう呼んでいた）を観にいくことで、その唯一の慰めをTが奪いとろうとしているのが憎かったのだろう。

母は子供の小さな手を必死に握ることで、何とか生きている実感を得ていたのだろうが、その手の小ささでは命綱にならないと気づき、あの日、自らその手を離したのだ。

母がそんな絶望のふちに沈んだというのに、僕はただTとこれで思う存分遊べると喜んでいた……父のことは心配なかった。母の入院は父にとっても好都合で、自由に前妻のもとに通えるようになった父は、僕のことなどどうでもよくなったのだ。

歳月は、Tと遊んだ一年近い月日を他の記憶のように無彩にせず、むしろ草木の濃密な緑や空の青、夏のまぶしい光で彩色している……とりわけ忘れられないのは、近くの神社の境内で遊んでいた時、Tの肩にとまったトンボのことだ。

ランニングからはみだした肩は、骨が浮きだすほど痩せていたが、それでも健康そうな茶褐色に日に焼けていて、そこに羽を開いたまま止まったトンボは、肩章《けんしょう》かバッジのように銀色に輝いていた。Ｔは日頃から朝鮮人であることに誇りをもっていて、いじめっ子が露骨に差別語を投げつけてきても、逆にそんな日本の子供を馬鹿にするように鼻で笑い飛ばしていた……自分の体に流れている血は赤いきれいな色をしていて、いつか怪我した時に診てもらった日本人医師がびっくりしていたと得意そうに言ったこともあるのだが、トンボはそんな鮮血の持ち主だけに許された勲章のようにも見えた。

Ｔは器用に指でそのトンボを掬いとり、僕の指に止まらせようとした。僕が恐る恐る指をさしだすのを見て、Ｔは笑った。

顔半分が口になるほどの屈託のない、無邪気な笑顔である。

顔の輪郭や造作など忘れてしまっているのに、この時の瞬発的に笑った顔のいかにも子供っぽい印象だけは、ふしぎに記憶に焼きついていて、今でもテレビなどでもともと口の大きな俳優が顔中に口を広げて笑うのを見る瞬間など、Ｔの顔がオーバーラップして忘れてしまったその顔を思いだせそうになり、だが結局、思いだせず、ちょっとした記憶喪失者のように苦しむことがある。……日頃、無表情でボソボソと寒そうにしゃべるのが癖だっただけに、真夏の光を弾くように大きく口を広げた笑顔は強烈な印象を残したのだろう。だが、Ｔに日頃からまとわりついていた暗い陰りを飲みこんだ口は、次の瞬間、その笑顔までも飲みこんでしまった。

「トンボって朝鮮語でどういうの？」

と訊くと、不意にまたいつもの顔に戻り、ぷいと顔をそむけてしまった。なぜかはわからない。たぶん、日頃自分の血を誇りにしていたのにその言葉を知らなかったからだろう。

Tが顔をそむけると同時に、トンボまでが僕には用がないというように、すっと指を離れ、飛び去った。すぐにどこかへ消えてしまったが、あまりに瞬時のことだったのでいなくなったのが信じられず、指にまだその影が残っている気がして、僕もまたTから顔をそむけ、自分の指先ばかり見ていた。


「韓国語で、トンボはどう言うのだろう」

タクシーが止まったが、私は座席に体を沈めたまま、そう訊いた。運転手に訊いたのではない……韓国語の話せない妻にでもないから、たぶんひとり言だ。強いて言うなら、記憶の中のイワモトに訊いたのだ。

四十年前にも、私は同じ質問をイワモトに向けている。たぶんイワモトがトンボを自分の体の一部分のように自在に扱って見せたあの神社の境内だ……。

「朝鮮の言葉では何て言うの、トンボのこと」

子供だった私は何気なくそう訊いた……イワモトの指に同化したようなトンボが、今まで一度も見たことのない、どこかよその国からやってきた昆虫のように思えたのだ……その珍しい虫にトンボ以外の名を与えたかった。

だが、この時イワモトは何も答えず、ただ顔をそむけた。一瞬のことだ……なぜそんな些細なことを記憶に残したか、よくわからない。ただ、イワモトが自分の国の言葉を知らないのを恥じたのではないのか……子供心にそう感じとったせいかもしれない。四十年が経ち、あの時イワモトが口の中に仕舞いこんだ返答を引き出してやろう。そのために、プサン駅へイワモトに会いにいくのだ……。

自分にそう言い聞かせ、だが、私はもちろんそれが自分への言い訳にすぎないことを知っていた。なぜなら、私はもうその答えを知っているからだ……イワモトのあの時の無言は、「俺は朝鮮人じゃない。だからトンボを朝鮮語でどう言うかなど知るわけがない」という言葉だったのだ。それなら、なぜイワモトが朝鮮人のふりをしていたのか……私だけでなく周囲もそう信じていたのは、イワモト自身がそう名乗っていたからではないのか。

だが、なぜ……。

その理由もイワモトに尋ねる必要はなかった。私はその答えも知っている……。

タクシーの運転手がふり返り、何度も同じ単語らしきものをくり返した。

「海に着いたと言ってるのよ、きっと」

妻に体を押され、私は車を降りる体勢をとりながら、運転手に腕時計を示して、片方の手を開き、『五』という数字を伝えた。

五分だけ待っていてくれないか。

その言葉を聞きとったかのように、運転手は愛想よくうなずいた。

私は車を降りた。その瞬間から、一瞬のように短く、永遠のように長い五分間が始まったのだ。タクシーが止まったのは埠頭のような場所で、倉庫らしい建物がまばらな灯にその巨影を浮かびあがらせている。鉄錆のにおいがして、闇までが古くさく感じられた。もしかしたら市場の一部で、魚を水揚げするような場所かもしれない。微風が生臭い、魚のにおいを運んでくる……海面近くまで歩いていくと、その臭気はいっそう強くなった。あちこちに死んだ魚が散乱し、真夏の暑さに腐敗を始めたのだ。その臭気で私はすぐに息苦しくなった。だが、夜の市場の雰囲気や魚の腐臭にさえ、郷愁をそそる懐かしさがある。何より灯のせいだ……プサンには（少なくともその港の一郭には）昔の日本……四十年前の日本にあった、夜ににじむような暗い灯があるのだ。遠くに停泊している大型船の灯や対岸らしい遠くの岸壁に群がる家々の灯の方が明るく、まぶしかった。

私はあと二、三センチ動けば海に落ちるほどぎりぎりの位置で足を止めた。妻は心配そうにすぐ背後につき、私の腕をつかんだ。

海は黒い肌をあらわにして、眠っている。死んでいるのではない。かすかなうねりが生命の鼓動を伝え、息遣いまでが聞こえてくる。そんな巨大な生命の犠牲になったかのように、死んだ魚が打ち寄せられ、私のすぐ足もとに漂っている。妻が我慢できなかったのか、「酷いにおい……」と呟いて、バッグから香水をとりだし、周囲に撒いた。突然のように鼻に襲いかかってきた花の香りが邪魔で、私は手で払いのけながら、

「それで？　イワモトが日本人なら……俺を産んだ女がこの国の血だというのか」

と訊いた。私は魚の死臭に吐き気をもよおしながら、同時にある種の心地よさをおぼえていた。それは私の死んだ過去が放つ死臭だった。人が生きているかぎり……死ぬまで、その過去も生き続けるものだというのに、私の過去だけが、その昔……四十年前に死んでしまい、今さらのようにその死骸が破片となって足もとに散らばり、腐臭を放っているのだった。

「イワモトは自分が命がけで愛した女が日本人ではなかったから、自分も日本人であることをやめようとしたのだな。日本人である俺の父親からその女を奪いとるためには、それが一番いい方法だと考えた……」

たぶんそういうことだ。日本人である父親がなぜ朝鮮人である母親と結婚したのか、そのあたりの経緯はわからない。ただ結婚しながらも、周囲に母が朝鮮人であることを隠し、自分と同じ日本人としてふるまわせようとし……自分の血に誇りをもっていた母親はそのことで父を蔑みつづけ、逆に自分のために日本人であることをやめようとした年下の男に夢中になったのだ。

「そうかもしれない」妻はそう答えた。「ただそのあたりの詳しい事情は、お義父さんからも聞いてないし、あの手紙にも書いてないと思う。たぶん、あの手紙に書かれているのは、無事にこの国に来て、お義母さんの遺骨を仏国寺のどこかに埋めたということだけだわ……お義母さんとイワモトさんは、どのみち、日本やあなたたちを棄てて、この国に渡るつもりでいたの。

当時はまだ、日本人や『在日』の人たちをそう簡単にこの国は受け入れようとしなかったけど、それなりの手蔓《てづる》や方法があって……イワモトさんも、お義母さんと一緒にこの国に骨を埋めるつもりでいたの。でもその直前に、お義母さんは死んでしまって……本当に骨になってしまって」

「母親が死んだというのに、なぜイワモトは日本を棄ててこの国に渡った？」

「…………」

「母親の生前の望みを叶えるためか。いや、それだけじゃないだろう……たった一人になって、この国でこの国の人間のふりをして生き続けるなど並大抵のことじゃない……だから並大抵じゃない理由があるはずだろう」

「…………」

「死に方に原因があるんじゃないのか。母親は本当に伊豆の鉄道事故で死んだのか？」

「…………」

「いや、列車に轢かれて死んだのは事実だとして、本当にそれは事故だったのか」

「…………」

「殺されたんじゃないのか。伊豆の駅で、線路に突き落とされて……。その犯人がこの国へと逃げただけじゃないのか」

妻は何も答えなかったし、答える必要もなかった。なぜなら私が続けざまに発したのは、質問というより、自分への確認に近かった……質問だったのだとすれば、妻にではなく遠い記憶にむけて発した質問だ。そして何も答えようとしないのも、妻ではなく、その記憶の方だ。四十年前のある晩、私は父や母と共に伊豆へと旅し、とある鉄道駅で列車の到着を待っていた……妻が先刻、ホテルで口にした言葉から想像できるのは、そんな状況だ。だが、いくら思いだそうとしても、私の頭に浮かびあがるのは、今このプサン港をとりまく夜よりもはるかに暗い闇の空白だけだ。母がいなくなるまでのひと夏の動きを焼きつけたフィルムはかなりの鮮明度を保っているのに、肝心のクライマックスになって、突然フィルムは切れてしまったかのように、ただの空白を記憶のスクリーンに映しだすのだ……。

それなのに、私は自分が連発した質問の答えを知っていた。残存する他のコマや妻の言葉から、私は空白の裏に隠れてしまった事件を推理し、想像し、再現することができたのだ。私が質問を矢継ぎ早に発したのは、その推理を誰より自身が確認するためでもあった。

「一つだけ訊きたい。俺はもう本当に……伊豆の駅であったことや母親が死んだことも思いだせない。だから教えてほしい。その旅にはイワモトも一緒に行ったのか？」

その質問は妻に向けたものだったし、妻もやっと答えを返してきた。

「ええ、四人で一緒に……お義父さんはすでにお義母さんたちの関係に気づいていたけれど、お義母さんがこれで終わりにすると言ったので、最後に一度だけ四人で温泉旅行に行きたいというお義母さんの希望を聞きいれたみたい」

母の「終わりにする」という言葉を父は「イワモトとの関係を終わりにする」という意味だと解釈したが、東京へと戻る列車を待っていた無人駅のホームで、母は父と私に向かい唐突に「あなたたちと別れて、私はイワモトと一緒に朝鮮に帰る」と言い出した……。

妻はそう説明し、私は首を横にふった。妻の言葉を否定しようとしたのではない。私はただ『違うのだ』と言おうとした。母は「あなたたちと別れる」と言ったんじゃない。「棄てる」と言った……「棄ててあげるよ」と。

母があまりに突然、残酷な言葉を口にしたのは、駅のホームだったのだ。たぶん、田舎駅の待合室のような場所で突然の別れを宣言し、母は自分たちだけが今度来る汽車に乗って先に帰るから、あんたたちはその次のに乗ってくれとでも言い、二人だけでホームに出た……列車が到着する間際になって、私は二人を追いかけてホームへと走りだした。そしてそんな私に母はあの残酷な言葉を投げつけたのだ。私と一緒に父もまたホームまで二人を追いかけただろう。だが、いつも死角におかれていた一人の男を、私はその記憶の中でも死角においてしまった。

「父さんだったのか、殺したのは。イワモトがその犯罪の重要な証人だったから、邪魔に思って母の遺骨ごと国外へ追っ払ったのか」

妻は何も答えなかったし、私は答えが「否」であることを知っていたから、その質問は無意味だった……四十年前、伊豆の駅で母が見せた顔まで思いだしたというのに、その直後に起こったことは何一つ思いだせないのだ。汽車の灯が、運命の二つの目のように邪悪な光を放ちながらホームに接近してくる……運命は時々犠牲者を求めて、獲物を狙う野獣のように闇の中で二つの目を光らせながら近づいてくるのだ。母は私たちに背をむけ、その目に吸い寄せられたように歩きだす。その背に一本の腕が……一つの手が伸びる……怒りと憎悪が溢れ落ちそうに張りつめた手。

その手が私の脳裏に浮かんでいるのだが、それは空白のスクリーンに想像の筆が描きつけただけの絵にすぎない。いらだちは限界に達し、私は何かを叫ぼうとしている……それなのに、口から出たのはひどく静かな声だった。

最後の質問の前に、私はもう一つだけ妻に答えてほしいことがあった。

「俺はイワモトの子供じゃなくて……」

だが、私はそれ以上の言葉をため息にすり替えて闇に吐き棄てた。

おそらく……いや間違いなく、私はイワモトの子供などではなく、戸籍どおりに『父と呼んでいた男』の子供だったのだ。立石侑子の異母兄ではなかった。それを承知していたからこそ、彼女は私に抱かれようとしたのだろう……本気だったかどうか。ただ彼女は自分に流れる父の血と、この私に流れる母の血とが、四十年前の日本の一隅で命がけの愛をどんな風に貪りあったか、それを自分の体でたしかめたかったのではないのだろうか。

私は首をふった。立石侑子のことを考えても仕方がないのだ。日本人なのに韓国人を装い続ける男の子供として生まれ、成長後日本に渡りながらも、自分の体に半分流れる日本人の血を憎み、整形手術まで受けてその血を棄てようとした一人の女。

彼女の気もちのいろいろは、考えても仕方のないことだった。

私の小さな人生など彼女の比ではなかったが、その小ささゆえに、彼女の波乱の半生には考えが及ばず、ただ自分のことばかりを考え続けた。父親が誰であるかなど問題ではなかった。イワモトであるにしろないにしろ、私の体には二つの国の血が流れこんでいる……私を苦しめ続けた一本の国境線を、四十年が経ち、私はやっと自分の体に明確に引くことができたのだが、その瞬間、国境線など何の意味もなくなってしまったのだった。自分が朝鮮人であろうが、日本人であろうが、どうでもよかった。私は私だ。私は四十年間ほとんど無意識のうちに重く背負いつづけてきた地図をプサンの暗い海に棄てた。国境線を無数に描きこんだ地図は海底深くに沈み、そのかわりに一つの空白が浮かびあがり、海面を覆いつくしている。

その空白には国境線に代わって、別の境界線が隠れ、今この瞬間から新たに私を苦しめようとしている……世界を人と人でないものに分かつ一本の線。

いや――。

これまでも私はすでに、四十年前からその線を意識し、苦しみ続けてきたのではないか。ただその線があまりに厳格で残酷なほど強靭であるために、闇色の絵の具で塗りつぶしてしまったのではないのか。あの夜の母の顔の記憶からその背後にあったはずの伊豆の無人駅を黒く塗りつぶし、続く事件の瞬間をただの白い陰画に塗り変えてしまったのと同じ闇で……。そうして、自分自身をもあざむくために、本当はどうでもいい国境線を気にし、自分が日本人なのか朝鮮人なのかと悩むふりをし続けただけではないのか。

一本の境界線を忘れるために……人であるかないかを決定する、神の手しか引くことのできない一本の線を忘れるために。

四十年前、私が決して思いだすことのできない鉄道駅で、殺人者の手はその境界線を越えて、一人の女の体へと伸びたのだった。

その手。その瞬間、指先へと流れた憎悪の大きさに較べるとあまりに小さかった手。

だが、どんなに小さかろうと、不意をついてちょっと女の背を押しさえすればよかっただろう。思いだしたのではない。私はただその手を想像の筆で記憶の空白に描きこんだだけで、依然何の実感ももてずにいた。

「殺したのは私だったのか」

と私は訊いた。記録フィルムに似た私の過去に、落とし穴のようにある空白の一コマに向けて。

——十五分後、私はプサン駅でタクシーを降りた。駅に着く少し手前でタクシーは線路沿いの道路を走ったが、ちょうどその時、駅を出発した列車があり、妻が「もしかしたらあの列車かもしれないわね」と言った。列車の車窓が投げ捨てていく灯とタクシーのヘッドライトが道路上で交錯し、次の瞬間にはすれ違い、たがいに遠ざかっていた。私はちょっとだけ背後をふり返り、私の大切な一つの過去を乗せた列車が夜の果てへと旅だってしまうのをぼんやりと見送った。

想像どおり、イワモトはその列車に乗り、私に逢うこともなくプサンを去ってしまったのだった。駅の改札口のような場所で、私たちを待っていた立石侑子が、「父はやっぱり逢ったところで、共に思いだしたくないことを思いだすだけだからって……」と言った。

私はうなずきながらも、イワモトが私から逃げたのだと思った。私が怖かったのだ……だから四十年前、海を渡って私から逃げたように、今度もまた逃げだしたのだ。事件の記憶が何一つよみがえってこないまま、私はそんな自分を二重人格者の二番目の人格のように感じた。主人格の私は、子供のころこの手で殺人を犯し、四十年後、その重要な証人である一人の男がまだ生きているかもしれないと心配になって、証人を殺害するために一昨日、海を渡った……突然ソウルへの飛行機に乗った理由をそんな主人格の私だけが知っており、副人格の私は、今自分がなぜプサン駅の一隅に立っているのかも知らないのだ。

私はホームに出たいと言い、立石侑子はちょっとためらったものの、言うとおりにしてくれた。私は線路が終わるあたりに立ち、最後にもう一度、四十年前、私自身が起こしたにちがいない犯罪事件を思いだそうとした。私が母の死骸にとりすがって泣いたというのなら、昔の日本の地方駅とどこか似たさびしい鉄路がその死を思いださせてくれそうな気がしたのだ。だが、無駄だった。

タクシーの中で妻は唐突に、「涅槃図って知ってる?」と訊いてきて、私がうなずくと、「伊豆の駅で線路に落ちた時、お義母さんの片方の腕は千切れかけて自分の頭をもちあげるような恰好に歪んでしまったんですって。何年ものあいだお義父さんは、その姿が脳裏に焼きついて夜も寝られなかったって……でもいつの間にか、その姿から恐ろしいものや残忍なものが削げ落ちていって、今では涅槃図の入滅するお釈迦様そっくりの姿でしか思いだせないって……亡くなる二、三日前にそんなことを言ったわ」

慰めをふくんだ静かな声でそう言った。私が昔犯した大罪を思いだし傷ついているとでも思ったのだろうが、私が傷ついていたとしたら、それは何一つ思いだせない事件には何一つ傷つくこともできないためだった。

私が昔犯した二つの罪のうち、どちらがより重い罪だったのか。

母を殺したことか……その過去を殺したことか。

記憶はもともと嘘つきである。私はどんな犯罪者も敵わない狡猾さで、そんな記憶の特性を利用しつくし、完全に一つの犯罪を忘れ去るのに成功したのだった。線路は、夜の果てから空白の過去でも運んできたかのように、意味もなく、私の足もとに伸びていた。四十年前の事件とその主人公の一人だったイワモトは、どこか似ていた。事件もイワモトも、過去からこのプサンにやってきて、私とはニアミスをしただけで結局は出会うことなく、また過去へと……今この鉄路の果てにある闇に似た黒い空白の過去へと戻っていったのだ。

「父が一つだけ、あなたに訊いておいてほしいことがあると言ってました」

立石侑子がそう声をかけてきた。

「子供のころのお家には、庭にムクゲの木があったけれど憶えているかって……」

私はうなずき、「でもどうしてそんなことを?」と訊き返した。

「さあ……ただ父が乗った列車がムグンファ号だったから」

そう言い、ムグンファというのがムクゲの花のことだと教えてくれた。

「日本にも『さくら』という特急があるわ」

妻がそう口をはさんだが、私はそれを無視し、ただ足もとの線路を見守っていた。母があのムクゲを植えたのだ……母はその花に郷愁をおぼえ、母国を懐かしんでいたのか。それとも他国に育った一本の花木に自分と似たものを感じとっていたのか。母の体にムクゲの花と同じ血が流れているのを知ったばかりの私には、何も答えることはできなかった。私はただ線路を空白のカンバスの二辺にして、そこに母の死体を描きこんでみた。

その体は泥状になっていながらも、熱く溶けた純金としか思えないほど眩しく輝き、そこに仏像の形をして横たわっている。昨日仏国寺で見た白日の夢だけが、私の遠い昔の犯罪を憶えていたかのように……。釈迦が入滅する際、沙羅の樹が一瞬のうちに花盛りとなり、次の瞬間にはことごとく散りしいたと聞いたことがあるが、私の涅槃図では同じ白さでムクゲの花が音もなく降りしいている……母の死体をかき消し、すべてを空白に塗り替えるほど、ただ白く……。

桜の木の下の悟り——。

十年ほど前、そんな題名で数枚のエッセイを書いた。ある仏教雑誌から『仏との出会い』というテーマでエッセイを頼まれて書いたのだが、母が桜の木の下で歩けなくなり、その後一年近く入院した話がメインになっているので、母がまだ元気なうちは活字にしない方がいいと思い直し、結局その原稿も引き出しの奥に眠らせた。

母が映画を観た後、桜の木の下に坐りこんで動けなくなった経緯はすでに書いたとおりなので省略させてもらうが、そのエッセイの最後を十年前にはこう締めくくっている。——怖くなってその場を逃げだしただけでなく、僕の気もちのどこかに、母が死んだら誰にもとがめられることなく自由にTと遊べるという思いがあり、すぐに立ち止まったものの、一瞬そんなことを考えた後ろめたさはいつまでも残ってしまった。もちろん殺意などという大げさなものではないが、今で言う心的外傷なのか、一瞬母の死を望んだ罪悪感は、子供心に深い傷を負わせたようで、成人後も何年か、子供が親を殺したニュースなどを見ると、あの時の獣じみた母の姿と逃げだした自分を思いだし、かすかだが眉をひそめた。

もっとも歳月というのは不思議なものだ。その後、絵画などで釈迦が菩提樹の下で悟りを開いた絵を見たりして、何かに似ていると思ったら、あの時、立ち止まりふり返った瞬間に見た、桜の木の下で男のように胡坐をかいて坐った母の姿なのだ。歳月はあの時の母の姿から獣じみたものを削り落とし、仏像の形に彫りあげてしまっている。

強いて言うなら、それが僕と仏陀との出会いだろうか。

桜の木の下で悟りを開いている僕の仏陀は、時々また、母の退院と入れ替わるように死んでしまったTの顔になることがある。Tの顔は忘れたと書いたが、なぜか記憶の中では無数の白い花片を降らせているその木の下に置くと、ふと思いだせそうな気がしたりする。

解説

本多正一

『悲体』は「すばる」に二〇〇三年八月号から〇四年七月号にかけ十二回連載された。連城三紀彦五十五歳のときの作品である。

一読、奇妙な作品である。連城三紀彦の未刊行ミステリー作品を待ち望んでいた読者には戸惑いと失望をもたらすかもしれない。

物語は主人公・笹木哲郎が高校時代、地図帳を眺めていた場面から始まる。連城三紀彦は高校のとき郷土地理クラブに所属しており、自身の青春時代を投影しているかのようだ。

笹木哲郎は八月六日、ムクゲの花の盛りのソウルを訪れ、謎めいた女性・立石侑子と出会い、いつしか自らの出生の秘密を探る記憶の旅に出ることになる。しかし連載三回目からは唐突に作者・連城三紀彦のエッセイが挿入される。

主人公の母の死をめぐるミステリーとしての趣向も備えているが、登場人物も少なく、独白体が物語を主導する。異国における出自およびアイデンティティ探究という外枠は似ているが、『黄昏のベルリン』のような歴史考証やサスペンスには乏しい。

物語では笹木哲郎の母親が不倫を犯したことが、エッセイでは連城三紀彦の父の前妻への執着が記され、韓国人の友人Tへの追想も綴られる。笹木哲郎の母の不倫相手は岩本達志。年上の韓国人の友人であり、韓国名はTで始まるトンクンである。記憶のなかで飛び交うトンボがソウルへと誘ってくれたのだろうか。「棄ててあげるよ」という女の声がふいによみがえる。物語でもエッセイでも父は息子に腕時計を渡そうとする。……

連城三紀彦はデビュー直後のエッセイ「ボクの探偵小説観」（＊1）においてウィリアム・フォークナーの『八月の光』と横溝正史の『獄門島』とを並べている。生前最後のインタビュー（＊2）でも「最後の機会になるかもしれないので」と前置きしながら、「わが人生最高の10冊」第九位にフォークナーの『野生の棕櫚』を数え、「残酷な最後ながら、光を感じます。こういう男女の逃避行を書きたいと思い続けてきました」と述べている。フォークナーを〝人間を究極まで突き詰めたような作家〟（＊3）とまで称揚した連城三紀彦にとって、おそらく『野生の棕櫚』の作者は文学上の師のひとりであり目標でもあった。

『野生の棕櫚』（＊4）は、「野生の棕櫚」と「じいさん」、二つの物語が交互に語られ、しかもそのモチーフは微妙に交錯しながら別々の物語として終着する（＊5）。「野生の棕櫚」では中産階級の医師たち白人男女が不倫、妊娠、堕胎の末、悲劇的な結末を迎える。「じいさん」では貧しい南部人の囚人が洪水に巻き込まれ、妊婦を救い、出産を助け生還する。

いわば対位法とでもいうべき二重小説だが、『悲体』は物語を紡ぎ続ける作者が、ふとした語彙から連想された記憶によって、思わぬ吐息、ため息のようにかつてのエッセイを加えていると見たほうが読者の印象に近いだろう。しかしこの実験的な手法は、なんらかの効果を企図したにしても、読んだ者の受け止め方は作者にも諮りづらかったに違いない。

二〇一八年二月、北海道の市立小樽文学館にて「私という名の変奏曲　恋愛ミステリ小説家・連城三紀彦展」が開催された。

僭越にも筆者が監修を務めたが、これは生前の連城三紀彦に一度だけ面会したことがあった縁からである。そのとき連城三紀彦のたいへんひと恋しそうな、それでいて人間関係を拒むような、ふしぎな瞳の色が強く印象に残った。この文学展は、連城三紀彦の瞳の色に導かれたばかりのことといっていい。

〈本多さんと対面した時の叔父の様子が目に浮かびます。お祖母さんや私の母もそうですが、加藤の方の人間は構ってやらないと拗ねるのに、気にかけ過ぎると突っぱねるようなところがあります。付かず離れずの距離を取らないと機嫌を損ねるのです。それはお祖父さんも同じようなところがあったのだろうと思います。

連城三紀彦は晩年、韓国文化に関心を抱いていた。遺品の中にはハングルの独習ノートやパスポートなどがある。（撮影・本多）

お祖父さんは酒浸りの生活で家では家族に背を向けていたと聞きます。元々は岐阜の吉安家の二人兄弟の下で、加藤（お寺）に養子に出され、お寺を継ぐのが嫌で名古屋に出てきたと。お祖母さんとは二回目の結婚で、詳しくは知りませんが、前妻との別れは本意ではなかったようです。

　お祖母さんがお祖父さんのことを話していたので覚えているのは、「気が小さいのにいざとなるとそういうところは見せない、逆に大きく見せる、感じさせるところがあった」「昔は分からんかったが、お祖父さんが何であんなだったか今なら分かる。もっとお祖父さんのこと分かってやればよかった」と涙ながらに言っておりました。

叔父は末っ子で加藤唯一の男でしたが、二番目に生まれた男の子が小さくして亡くなっていると聞きます。お祖母さんには余計に可愛い息子だったと思います。本多さんが感じた叔父の二面性は、人を、家族を拒んで生きたお祖父さんと、そのお祖父さんに構って欲しかった姉妹、叔父、お祖母さんを写しているのだと感じました。〉

これは連城三紀彦の甥にあたる水田公師の指摘で、彼の両祖父母は『悲体』のエッセイ部分に登場する連城三紀彦の両親である。連城はさらに詳しい繰り言を聞かされていただろう。

『悲体』という標題も特異である。連城三紀彦は直木賞受賞から三年後、四十歳を前に得度し父の放擲した僧侶となっている。「悲体」は「法華経」の中の「観音経（観世音菩薩普門品《かんぜおんぼさつふもんぼん》）」にある一節「悲体戒雷震　慈意妙大雲」からのようである。

観音菩薩のこの世を見る力には五つある。ものを正しく見ること（真観）は、何かを我が物にすることを無意味に感じさせる。その執着しない清らかな見方（清浄観）により、万物が寄り合いながら調和・変化し、動いてゆく広い世界を眺めようと努力する見方（広大智観）が生じる。結果、他人の苦しみをも自分の苦しみとしてともに悩み（悲観）、また自分の大いなる喜びを万人に施す（慈観）ことができるようになる。「悲体」とはこの「悲観」の意味で、人々の苦を自分の苦のように悩み、それを必ず救う観音菩薩の姿を表す（＊6）。

本書のミステリー部分に関しては終盤で一応の説明をつけているものの、複雑な手法が必ず

連城三紀彦生家跡。愛知県名古屋市。（撮影・本多）

しも成功しているようには読めない。それよりも冒頭、笹木哲郎が子供のころ父から教えられた「面倒な真実より、簡単な嘘の方がいい」という台詞が印象深い。

おそらく『悲体』はエンターテインメント（簡単な嘘）ではなく、生の場にあった自分への決着として、老齢の母が読むことができなくとも元気なうちに書いておかねばならなかった「面倒な真実」の作品であった。父へのわだかまり、友人Tと遊びたいばかりに母の死をふと考えた心的外傷その他さまざまな葛藤に寄せる虚実綯い交ぜにした和解の作品であったように感じる。

父の最初の結婚がその母の策略によって破綻したことがエッセイで明かされているが、蛇足を加えれば、連城三紀彦が若年のころ結婚を考えた相手も、同じように母の反対でうまくいかなかったようなのだ。おそらく「ふたりは互いの立場を尊重しながら、互いに『決心がついたら』と微笑を交わして別れる」ことになったのではあるまいか。

〈思えば、ぼくの小説に出てくる男と女のモデルは、全部、父と母なんですよ」。連城さんは続ける。「小説っていうのは、恋愛小説にしろ推理小説にしろ、すべて人を描くもの。人の原型は、どの人にとっても『父と母』だと思います。その中の一部分を、登場人物に投影させて、動かす。〉（＊7）

〈少し前『悲体』の意味調べました。

己を忘れて他の人びとを救わずには居られない気持ちが全身に行き渡った姿。

叔父は自分に与えられた「書く」という才能をもって、自分に関わる人びとを救おうと、少なくとも自分が出来ることはそれだけだと決意した瞬間があったのではないかと思います。ただ書くだけで人びとには伝わらないかもしれないけれど、書いたものは人びとが生きた証しであり、それは自分にとっての救いでもある、という感じでしょうか。叔父にとっては「書く＝経を唱える」という面があったのではないかと思えるのです。亡くなった後にキリストを書きたいという記事を読んだのですが、対象がそれまでと違い過ぎ、そのときには今の人生を諦めていたのではないかと感じます。『悲体』何とか読んでみようと思います。〉（水田公師）

晩年のインタビューで「キリストを書きたい。僕はミステリー作家といわれるが、書きたいものを書いてきただけ。同じように、僕は仏教僧だが、真理は無限の形をとると思う」（＊8）と述べている。これは信仰の変化ということではなく、過酷な命運に直面しようとも、人生を信じ、生の場にある者たちへの共感が云わせた言葉ではないかと感じる。——すなわち、悲体。

本書『悲体』は、〝生きる気力みたいなものを消失してしまった〟父、〝人生を歩くのまでやめてしまった〟母、そしておそらく連城三紀彦自身の青春や恋愛の残像をも包含し、それぞれの愛、欲望、後悔、罪悪感、断念、人生に流れあふれる記憶と、附随し揺曳するもろもろを虚構と二重写しにし、交錯させ、シャッフルし、「歳月というのは不思議なものだ」という感懐をしのばせて、それぞれの人生に寄り添う仏陀との邂逅をもって閉じられる。

『悲体』は連城三紀彦が両親に捧げたかった作品なのではないか。連城さんがお父さんとお母さんを抱きしめている姿が視える。

＊1　「幻影城」一九七八年五月号。
＊2　「週刊現代」二〇一三年十月二十六日号。

＊3　「解説　連城三紀彦」（田中芳樹『流星航路』徳間文庫、一九八七年）。
＊4　大久保康雄訳、新潮文庫、一九五四年。
＊5　村上春樹の『世界の終りとハードボイルド・ワンダーランド』もこの作品の影響を受けたと思しいが、村上作品では二つの章が最終的に合流する。
＊6　http://toudaiji.sakura.ne.jp/nyoze18.htm 参照。
＊7　「中日新聞」二〇〇一年一月十三日。
＊8　「中日新聞」二〇一一年五月十日。

写真
カバー　景福宮・ソウル市（5n2／iStock）
表紙　ソウル市（parkyongbum／iStock）
目次　共生の手・浦項市（Pixabay）
本文扉　（Monoimages）
装幀　間村俊一

連城三紀彦（れんじょう・みきひこ）一九四八年、愛知県生れ。早稲田大学政治経済学部卒業。映画好きで在学中にシナリオ勉強のためフランスへ留学。一九七八年、「変調二人羽織」で「幻影城」新人賞受賞。一九八一年、「戻り川心中」で日本推理作家協会賞受賞。一九八四年、『宵待草夜情』で吉川英治文学新人賞受賞、同年、『恋文』で直木賞受賞。一九八七年には得度し、浄土真宗大谷派の僧侶となる。法名は智順。一九八九年、連載エッセイ「試写室のメロディー」でキネマ旬報読者賞受賞。一九九六年、『隠れ菊』で柴田錬三郎賞受賞。二〇一三年、胃癌のため死去。二〇一四年に日本ミステリー文学大賞特別賞受賞。他に『暗色コメディ』『夜よ鼠たちのために』『私という名の変奏曲』『黄昏のベルリン』『人間動物園』『造花の蜜』『小さな異邦人』など著書多数。

悲《ひ》体《たい》

二〇一八年四月十三日　第一刷発行

著　　者　連城三紀彦
発 行 者　田尻 勉
発 行 所　幻戯書房
郵便番号一〇一－〇〇五二
東京都千代田区神田小川町三－十二
岩崎ビル二階
電　話　〇三（五二八三）三九三四
ＦＡＸ　〇三（五二八三）三九三五
ＵＲＬ　http://www.genki-shobou.co.jp/

印刷・製本　中央精版印刷

ISBN978-4-86488-143-2　C0093